KB270455

이야기의 논리

서사 층위론과 서사 구성론

이야기의 논리

서사 층위론과 서사 구성론

———

김태환 지음

2025
문학실험실

이 연구는 서울대학교 미래 기초 학문 분야 기반 조성 사업으로
지원되는 연구비에 의하여 수행되었습니다.

차례

머리말

신화·소설·연극·영화에서 실제 사건에 관한 기록물에 이르기까지 모든 이야기 장르와 그 텍스트들을 연구 대상으로 하는 서사학에서 스토리와 담화라는 개념 쌍은 근본적인 의미를 지니는 방법론적 요소 가운데 하나다. 20세기 초 러시아 형식주의자들이 제시한 파불라fabula와 슈제트sujet의 구별에서 기원하는 이 중요한 이론적 장치를 통해서 서사학자들은 이야기되는 대상(인물과 사건)의 층위―스토리의 층위―와 그 대상에 관하여 말을 주고받는 주체(이를테면 소설의 화자와 독자)의 층위―담화의 층위―를 분명히 나누어 파악하고 더 나아가 두 층위의 비교를 통해 이야기의 특징을 분석할 수 있게 되었다. 이야기의 이원적 층위에 대한 생각은 객체와 주체, 내용과 표현, 말해지는 것과 말하는 행위의 구별이 당연한 것만큼이나 자연스럽게 받아들여졌고, 스토리와 담화는 이 두 층위를 각각 지칭하는 용어로서 널리 채택되어 사용되고 있다.

그러나 서사학의 발전 과정에서 이원적 층위 모델의 불충분성을 지적하면서 더 세분화된 층위 이론을 전개한 서사학자들 또한 등장하였다. 예컨대 볼프 슈미트Wolf Schmid는 러시아 형식주의 이래 이야기의 층위에 관한 다양한 이론적 입장들을 비교 검토한 끝에 이야기에서 총 4개의 층위를 구분하고 이들 층위 사이의 관계를 '관념발생론적idealgenetisch'으로 설명하는 모델을 개발하였다.(Schmid 2005, 241-279) 그것은 현대 서사학이 제출한 가장 정교한 층위 모델이라고 할 만하다.

하지만 다른 한편으로 슈미트의 관념발생론적 서사 층위 모델은 러시아 형식주의에서 파불라와 슈제트 개념이 이론적으로 정립되는 과정에서 이미 나타난 모순과 난점을 매우 뚜렷하게 드러내는 이론이기도 하다.

러시아 형식주의자의 한 사람인 보리스 토마셰프스키Boris Tomashevsky는 1925년에 발표한 논문 「주제론」에서 파불라와 슈제트를 각각 한 편의 이야기 속에서 보고되는 사건 전체와 그 사건을 보고하는 방식이라고 정의함으로써 이후 이야기의 이원적 층위에 대한 이론의 초석을 놓았다. 그러나 토마셰프스키에 앞서서 파불라와 슈제트의 이론적 구별을 최초로 제안한 빅토르 슈클로프스키Viktor Shklovsky는 양자의 관계를 이야기를 이루는 두 층위의 관계라기보다는 작가에게 주어지는 재료와 그것의 가공을 통해 만들어지는 예술적 구성물로서의 작품 사이의 관계로 이해하였다. 슈클로프스키의 모델에서 파불라는 슈제트 구성을 통해 슈제트가 되며, 파불라와 슈제트는 작품을 생산하는 과정의 시작과 끝이다. 파불라는 작품 바깥에 있는 것으로서 이를 재료로 하여 예술적 장치가 만들어졌을 때 그것이 슈제트이고, 슈제트야말로 작품의 예술성을 이루는 핵심이다. 신문에 보도된 치정으로 인한 자살 사건이 『브바리 부인』이라는 복잡한 소설 작품으로 가공되는 것이 그런 예다. 반면 토마셰프스키의 모델에서 파불라와 슈제트는 작품 자체 내에 동시적으로 존재하며 함께 전체를 이루는 두 층위로 나타난다. 『보바리 부인』이라는 작품은 보바리 부인의 사랑과 죽음에 관한 파불라와 그것을 제시하는 슈제트로 이루어진다.

현대 서사학이 스토리와 담화를 구별하면서 파불라/슈제트의 대립에 기초한 러시아 형식주의의 서사 이론을 수용했다면, 이때 선택된 것은 슈클로프스키의 모델보다는 토마셰프스키의 모델이었다. 다만 그 뿌리에 있는 가공과 구성이라는 함의가 완전히 사라진 것은 아니어서, 계층 구조의 모델에서 출발하는 서사 층위에 관한 논의에서 은연중에 슈클로프스키적인 모델이 그림자처럼 나타나기도 한다.

이러한 상황에서 볼프 슈미트는 슈클로프스키의 가공 이론에서 영감을 받아 서사 층위론 전체를 발생론적 서사 구성의 모델로 재편하고자 하였다. 그는 슈클로프스키의 노선을 계승하면서도 슈클로프스키가 단순히 외적으로 주어진 재료, 또는 예술적 가공의 대상으로만 여긴 파불라도 실은 이미 그 이전의 재료에서 가공 구성된 것이라는 점에 주목하여 이야기의 발생을 원초적 재료에서 파불라(스토리)가 만들어지고 파불라에서 슈제트(담화)가 만들어지는 방식으로 진행되는 연쇄적인 구성 혹은 변환의 과정으로 기술한다.[1] 이때 이야기의 층위는 구성의 단계라는 의미를 얻게 되며, 하나의 단계에서 다음 단계로 이행할 때 어떤 구성 및 변환 작업이 이루어지는지가 논의의 중심에 놓인다.

그러나 슈미트가 계층 구조의 의미를 함축하는 서사 층위라는 용어를 버리지 않는 데서 이미 그가 말하는 서사 구성의 모델이 안고 있는 모순이 드러난다. 그는 서사 층위를 논하면서 그것이 이야기의 발생론적 단계 혹은 서사 구성의 단계라고 말한다. 공시적인 계층 구조를 배경으로 하는 층위 개념과 통시적 과정을 전제하는 단계 개념이 과연 양립할 수 있는 것일까? 예를 들어 스토리는 이야기가 구성되어가는 과정에서 원초적 재료와 담화 사이에 있는 중간 단계인 동시에, 나머지 다른 층위들과 함께 한 편의 이야

---

1) 1장의 본격적인 논의에서 보게 되겠지만 슈미트는 슈제트(담화)의 층위를 다시 두 층위로 분할하기 때문에 연쇄적인 구성 과정은 한 차례 더 일어난다.

기를 이루는 하나의 층위이기도 하다는 것일까?

　　가공 구성 모델과 계층 구조 모델의 양립 가능성에 대한 논의를 좀 더 단순화하기 위해 일단 파불라와 슈제트라는 두 층위만을 상정해보자. 가공 구성 모델은 파불라의 가공을 통해 슈제트가 구성된다고 말하고 계층 구조 모델은 이야기가 파불라와 슈제트라는 두 층위로 이루어져 있다고 말한다. 두 모델이 동시에 타당하려면 파불라의 가공을 통해 슈제트가 구성되지만 파불라 그 자체는 재료의 모습 그대로 남아서 재료인 파불라와 가공의 결과인 슈제트가 이야기 전체의 두 층위를 이루어야 할 것이다. 그런데 이는 매우 비현실적인 가정이다. 나무가 재료가 되어 침대가 되는 과정을 생각해보자. 나무는 베어지고 잘리고 다듬어지고 다른 재료들과 결합하여 침대가 된다. 나무의 본 모습은 사라진다. 물론 침대에는 나무가 남아 있다. 가공의 결과인 침대는 자기 안에 나무를 간직한다. 그러나 그 나무는 원재료 나무가 아니라 가공되어 침대의 한 요소가 된 나무다. 나무는 침대의 감각적 특질과 무게 등을 좌우하는 물질적 속성으로서만 그 속에 살아 있다. 신문 기사에 보고된 사건이 작품에 들어갈 때도 그런 일이 일어난다. 그래서 작품 바깥에 재료로서 주어진 것으로 생각되는 파불라와 작품의 한 층을 이루는 파불라는 같은 것일 수 없다.

　　이야기의 공시적 계층 구조를 정확히 기술하고 이야기의 특정한 측면이나 특성이 어떤 층위에 귀속되는지, 여러 서사 층위 사이에 어떤 관계가 성립하는지를 규명하는 작업은 이야기의 일반적 본성에 대한 연구를 위해서도, 구체적인 이야기의 의미와 기법에 대한 분석을 위해서도 중요한 의미를 지닌다. 이야기의 외부가 어떻게 이야기를 구성하는 데 사용되고 그 과정에서 변용되는가에 대한 이론도 서사 분석을 위해 그 중요성이 덜하다고 할 수 없다. 그러나 가공 구성의 관점에서 접근해야 할 문제를 계층 구조의 관점으로 다루거나, 역으로 계층 구조의 관점에서 고찰할 문제를 가공 구성의 문제와 뒤섞는 것은 그 무엇에도 도움이 되지 않는다.

　　이상의 문제의식에서 이 연구에서는 서사 층위론에 혼재하는 가공 구성 모델과 계층 구조 모델을 정확히 분리하여 좀 더 정합적인 서사 구성 이론과 서사 층위 이론의 가능성을 모색하고자 한다. 이론적 혼동은 무엇보다도 동일한 용어가 서사적 구성 단계의 개념과 층위 개념으로 혼용된다는 데 있으므로 이와 관련하여 적절한 개념적 구분의 가능성을 찾는 것도 이 연구의 중요한 과제가 될 것이다.

1

구성과 층위: 러시아 형식주의에서
볼프 슈미트로

파불라와 슈제트: 구성에서 층위로

20세기 서사학의 토대를 이룬 스토리와 담화의 개념은 러시아 형식주의자들이 제안한 '파불라'와 '슈제트'의 개념에서 유래한다. 파불라와 슈제트는 러시아 형식주의자들 사이에서도 다소 상이한 의미로 사용되지만, 훗날 서사학에서 널리 통용되는 스토리와 담화 개념의 형성에 결정적인 영향을 준 것은 토마셰프스키가 「주제론」이라는 논문에서 제안한 다음과 같은 개념 정의다.

작품 속에서 보고된, 서로 결합된 사건들의 전체를 파불라라고 한다. 사건들이 작품 속에서 어떤 순서로 어떻게 소개되든지 상관 없이 파불라는 실제적인 방식으로, 즉 자연스러운 시간적, 인과적 순서에 따라 나타낼 수 있다. 파불라와 대비되는 것이 슈제트다. 파불라와 슈제트 모두 같은 사건들로 이루어지긴 하지만 슈제트 상의 사건들은 작품이 제시하는 순서에 따라 배열되고 결합된다.

_Tomashevsky 1965, 66-67

토마셰프스키는 이 대목에 붙인 주석에서 더욱 간명한 설명을 제공한다. "간단히 말해 파불라는 실제로 일어난 일이고, 슈제트란 독자가 그것을 알게 되는 방식이다."(Tomashevsky 1965, 67)[2]

여기서 파불라와 슈제트의 구별은 작품(소설과 같은 서사 장르의 작품) 속에서 보고되는 사건의 실제적 경과와 그 작품을 통해 사건의 경과가 독자에게 전달되는 커뮤니케이션 과정 사이의 구별로 나타난다. 파불라에서 사건의 순서와 배치, 결합은 해당 사건이 실제로 언제 일어났느냐, 그것이 어떤 원인으로 초래되었으며 어떤 결과를 낳았느냐 같은 기준에 따라 결정된다. 반면 슈제트의 층위에서 결정적인 것은 작품이 어떤 사건을 독자에게 우선적으로 알리느냐, 어떤 사건과 어떤 사건을 작품 속에서 인접한 위치에 배치하느냐이다.

일단 여기서 간단한 사례를 통해 파불라와 슈제트의 구별이 가지는 의미를 구체적으로 파악해보자. 이솝우화 「개미와 베짱이」는 유명한 만큼 다양한 판본이 존재하는데, 특히 다음 두 판본은 파불라와 슈제트 구별의 의미를 잘 보여준다.

---

2) 여기서 '독자'는 물론 글로 된 이야기, 문학적 이야기의 수용자를 가리킨다. 그러나 이 책에서는 독자 개념을 이보다 훨씬 더 광범위한 의미로 사용하여, 매체와 관계없이 이야기의 감상자를 모두 독자라고 부를 것이다. 그 속에는 이야기를 듣는 청자도, 연극이나 영화를 통해 이야기를 전달받는 관객도 포함된다.

A

어느 여름날 베짱이 한 마리가 이리저리 뛰어다니며 마음 내키는 대로 노래를 하고 있었다. 이때 개미가 곡식을 잔뜩 짊어지고 베짱이 곁을 지나갔다. "그렇게 고된 일만 할 게 아니라 나랑 놀다 가지 그래?" 베짱이가 말했다. "겨울에 대비해서 식량 비축하는 중이야." 개미가 말했다. "너도 그렇게 하는 게 좋을 거야." "겨울 걱정은 왜 해?" 베짱이가 말했다. "지금 이렇게 먹을 게 풍족한데." 그러나 개미는 제 갈 길을 가며 고된 일을 그치지 않았다. 겨울이 왔을 때 베짱이는 먹을 것이 없어 굶어 죽을 지경이 되었고, 개미들이 여름에 모아놓은 곡식을 매일 배급하는 것을 보고 깨달았다. 궁핍한 날을 위해 대비하는 게 최선임을.

_Jacobs 1894

B

어느 화창한 겨울날 개미들이 여름에 저장해둔 곡식을 말리고 있었다. 굶주려 쇠약해진 베짱이가 지나가다가 먹을 것을 조금만 달라고 부탁했다. 개미들이 물었다. "왜 여름에 먹을 것을 모아두지 않았니?" 베짱이가 대답했다. "그럴 여유가 없었어. 노래 부르며 하루하루 보냈더니." 그러자 개미들이 비웃으며 말했다. "바보처럼 여름 내내 노래나 했다면 겨울에는 저녁도 없이 춤추며 잠자리로 들어가야지."

_Townsend 1867

위의 두 텍스트 A와 B는 상당히 큰 차이가 있지만, 우리는 이들이 결국 같은 이야기를 한다는 것을 어렵지 않게 알아볼 수 있다. A와 B의 차이와 동일성을 명확하게 정리해주는 것이 파불라와 슈제트의 구별이다. 두 텍스트는 파불라는 같고 슈제트는 다르다. 우선 파불라의 층위를 생각해보자. A와 B 모두 베짱이가 여름에 노래하며 놀다가 겨울에 곤궁에 빠지게 되었고, 반면 개미들은 여름에 먹을 것을 모아두는 수고를 아끼지 않아서 겨울을 견뎌낼 식량을 마련했다. 그것이 두 텍스트가 그려 보이는 세계 속에서 개미와 베짱이에게 "실제로 일어난 일"이다.[3]

A와 B의 큰 차이는 이 일을 화자가 독자에게 이야기하는 순서에서 생겨난다. A는 여름에 놀고 있는 베짱이와 고되게 일하는 개미를 대비하는 데서 시작하여 겨울에 굶어 죽을 지경이 된 베짱이와 식량 걱정이 없는 개미들의 대비로 끝난다. 슈제트는 여름에서 겨울로, 원인(놀기와 일하기)에서 결과(굶주림과 안정된 식량 공급)로

---

3) 그러나 파불라의 층위에서 모든 것이 동일하지는 않다. A에서 개미와 베짱이의 대화가 여름에 일어난 일인데 반해, B에서는 개미와 베짱이가 겨울에 처음 만난다. 이처럼 파불라 층위에서 세부적인 차이가 있는데, 그 차이는 슈제트의 전도와 밀접한 관계가 있다. B에서 개미와 베짱이의 대화는 겨울의 시점에서 여름에 대한 회고를 촉발하는 역할을 한다.

진행되는바, 이러한 배열은 토마셰프스키가 말한 자연적인 순서, 시간적이고 인과적인 순서와 일치한다. 요컨대 파불라의 순서가 슈제트의 순서에 그대로 반영된 것이다. 반면 B는 겨울의 어느 날에 시작하여 베짱이와 개미의 대화 속에서 여름의 일이 회고된다. 슈제트의 시간은 겨울에서 여름으로 거슬러 올라간다. 시간적 순서의 전도와 함께 원인과 결과의 순서 역시 뒤바뀐다. 이야기의 처음에 우리가 보는 것은 결과(베짱이의 굶주림과 개미의 저장된 식량)이고, 그 결과의 원인은 회고 속에서 비로소 드러난다. 결과가 먼저 제시되고, 원인은 그다음에 오는 것이다. 여기서 슈제트는 파불라의 순서를 전도시킨 형태로 나타난다.

토마셰프스키가 말하듯이 슈제트는 독자가 사건에 대해 알게 되는 방식이고, 파불라는 그 방식을 통해 독자가 궁극적으로 알게 되는 사건의 전말이다. 그런데 위의 두 예화에서처럼 이야기가 궁극적으로 전달하는 바, 즉 파불라는 그 전달의 방식인 슈제트가 달라지더라도 변하지 않을 수 있다. 그렇다면 슈제트의 차이는 어떤 의미를 지니는가? 이야기의 목적이 파불라를 전달하는 데 있다고 보는 입장에서는 슈제트란 그 목적을 이루는 수단일 뿐이므로 파불라가 동일하기만 하다면 슈제트의 차이에 큰 의미를 두지는 않을 것이다.

하지만 그것은 토마셰프스키와 같은 러시아 형식주의자들이 결코 받아들이지 않을 입장이다. 형식주의는 그 이름의 의미가 이미 시사하듯이 작품이 전달하는 내용보다는 그 전달의 형식을 더 중시하는 이념이기 때문이다.

특히 파불라와 슈제트의 구별을 처음으로 도입한 러시아 형식주의자 빅토르 슈클로프스키에게 슈제트는 파불라를 전하는 수단이 아니라 작품의 예술적 가치를 창출하는 장치이며, 파불라는 그러한 예술적 장치를 구성하기 위한 재료에 지나지 않는다. 슈클로프스키는 로렌스 스턴의 "패러디적 소설"을 슈제트 구성의 면에서 분석한 글에서 파불라와 슈제트에 대해 다음과 같이 말한다.

> 슈제트 개념은 너무 자주 사건들의 기술(記述)과 혼동된다. 나는 사건들의 기술을 가리키는 말로는 파불라 개념을 사용할 것을 제안한다. 실제로 파불라는 슈제트 구성을 위한 재료일 뿐이다. 따라서 『예브게니 오네긴』의 슈제트는 주인공과 타치아나의 사랑 이야기가 아니라 이 파불라의 슈제트적 가공인바, 그러한 가공은 중간중간에 끼어드는 여담을 통해 이루어진다.
>
> _Šklovskij 1994, 297−299

슈클로프스키가 말하는 예술적 장치로서의 슈제트적인 것의 효과는 무엇보다도 익숙하고 관습적인 것을 낯설게 하여 독자의 무디어진 감각을 새롭게 일깨우는 데 있다. 파불라는 슈제트 구성을 통해 변형되고 낯설게 되어야 한다. 이런 입장에서 슈클로프스키는 『예브게니 오네긴』의 화자가 주인공의 연애를 이야기하면서 번번이 본론에서 이탈하여 자신의 온갖 상념들을 늘어놓음으로써[4] 연애담에 대한 독자의 기대를 파괴하는 것을 파불라에 대한 슈제트적 가공으로서 높이 평가한다.

만일 슈클로프스키가 이솝우화의 두 판본을 비교했다면 어떤 평가를 내렸을까? 아마도 슈클로프스키는 이 두 판본이 고대로부터 전해오는 파불라를 상이한 방식으로 가공하여 상이한 슈제트를 만들어낸다는 데 흥미를 느꼈을 것이다. 물론 두 텍스트 모두 슈클로프스키가 푸쉬킨이나 로렌스 스턴의 소설에서 발견한 정도로 고도의 예술적 가공을 보여주는 것은 아니지만, 그래도 이들을 슈제트 구성적인 면에서 비교해본다면, A보다는 B가 더 높이 평가할 만하다고 할 수 있을 것이다. B는 파불라의 순서를 전도시킴으로써 굶어 죽어가는 비참한 거지의 형상과 즐겁게 노래하며 인생을 즐기는 풍류객의 형상을 익숙하지 않은 방식으로 결합하고 이로써 독자에게 충격을 불러일으키기 때문이다. 반면 A는 여름에 마주친 베짱이와 개미의 대화를 통해서 이미 베짱이에게 닥칠 운명이 어느 정도 예고되는 까닭에 겨울에 일어나는 상황 변화가 독자에게 별다른 놀라움으로 다가오지는 못한다.

물론 슈클로프스키처럼 형식과 슈제트를 우선시하는 입장은 삶의 교훈을 전하는 데 특화된 우화 장르와는 잘 어울리지 않는 것이 사실이다. 교훈적인 장르인 우화에서 예술적 장치의 효과가 궁

---

4) 화자는 이야기 도중에 옆길로 새지 않겠다고 다짐하기도 한다. 대목을 보라. "내 청춘에 배반을 당한 지금/ 나도 이젠 좀 약아빠져서/ 일에도 문체에도 더 숙련이 되어/ 이 제5장도 옆길로/ 벗어나지 않도록 노력해야겠다."(뿌쉬긴 1981, 215-216)

극적 목적이 될 수는 없다. 여기서는 무엇보다도 '교훈'이라는 내용(무엇)이 중요하고, 형식적 요소는 이 내용의 전달을 위한 수단일 뿐이다. 하지만 슈클로프스키처럼 내용을 형식의 수단으로 전도시키지는 않는다 하더라도, 우리는 A와 B의 비교를 통해서 우화처럼 내용 중심적인 장르에서도 슈제트가 전체적으로 유의미한 차이를 낳는다는 것을 확인할 수 있다. 같은 파불라도 슈제트 구성에 따라 독자에게 더 강렬한 인상을 남길 수도 있고 좀 더 밋밋하게 느껴질 수도 있다. 파불라의 교훈적 내용을 전달하는 것이 우선적인 목적인 경우에도 슈제트는 그 전달이 얼마나 효과적으로 이루어지는지를 좌우한다. 이는 파불라와 슈제트의 구별이 반드시 슈클로프스키 식의 극단적 형식주의로 귀결되어야 하는 것은 아님을 말해준다.

　슈클로프스키의 파불라와 슈제트 개념을 수용한 토마셰프스키도―이미 앞의 인용문에서도 어느 정도 확인할 수 있는 바와 같이― 슈클로프스키의 철저한 슈제트 중심주의와는 거리를 둔다. 그는 여기서 슈제트가 파불라에 대해, 파불라가 슈제트에 대해 독립적임을 언급하고, 이후의 서술에서도 파불라의 측면과 슈제트의 측면을 나란히 고찰해나간다. 파불라와 슈제트, 내용과 형식 가운데 어느 쪽에도 치우치지 않으려 하는 토마셰프스키의 태도는 그가 「주제론」의 서두에서 작품의 주제에 관해 다음과 같이 논할 때 특히 선명하게 드러난다.

작품은 흥미로워야 한다. 흥미의 관념은 주제 선정의 단계에서부터 이미 작가에게 가야 할 방향을 제시해준다. 그러나 흥미—무언가에 대한 개인적인 흥미—에는 여러 가지 형태가 있다. 작가, 또 그와 가장 가까운 독자들에게 친숙한 것은 문학의 전문적인 관심사이며 그것은 문학의 발전을 추동하는 가장 강한 원동력에 속한다. 전문적인 의미에서의 새로움, 고도의 새로운 기법을 향한 열망은 언제나 가장 진보적인 문학 운동과 사조의 두드러진 특성이었다. 문학적인 경험, 작가가 참조하는 전통은 선배들에게서 물려받은 과제로 나타나며, 작가의 관심은 전적으로 이를 해결하는 데 집중된다. 반면 그렇게 특별하지 않은 독자들의 흥미는 전문적인 문제에서 멀리 떨어져 있다. 그것은 (『낫 핑커튼』에서 『타잔』까지 "열차 승강장"에서 파는 문학으로 충족되는) 단순히 오락적인 것에 대한 수요에서 문학적 관심과 일반적인 관심의 결합에 이르기까지 다양한 형태로 나타날 수 있다.

_Tomashevsky 1965, 63–64

여기서 말하는 작가의 열망과 진보적 문학 운동의 태도, 즉 전적으로 문학의 전문적인 기법과 그것을 혁신하는 문제에서 흥미를 발견하는 태도는 낯설게 하기를 통해 독자의 지각을 갱신하는 예술적 장치에서, 그리고 그 가운데 하나인 슈제트 구성에서 문학성의 본질을 보는 슈클로프스키의 입장을 암시한다. 그러나 토마셰프스키의 서술에서 그것은 문학작품이 가질 수 있는 흥미의 한 가지 양태일 뿐이다. 작품이 갖추어야 할 필수 조건은 흥미로워야 한다는 것이고, 그 흥미는 예술적·전문적 새로움에서 올 수도 있지만 "비전문적인" 독자의 욕망이나 일반적인 삶의 문제와 관련된 것일 수도 있다. 요컨대 토마셰프스키는 슈클로프스키의 극단적 형식주의를 문학적 소통에 참여하는 다양한 주체가 가질 수 있는 하나의 특수한 입장으로 상대화하면서, 어떻게 이야기하느냐보다 무엇을 이야기하느냐에, 슈제트보다 파불라에 더 주의를 기울이는 독자와 작품의 존재 권리도 나란히 인정하고 있는 것이다.

그런데 여기서 토마셰프스키와 슈클로프스키의 입장 차이는 형식과 내용, 파불라와 슈제트 사이에서 무엇을 우위에 둘 것인가라는 문제에 국한해서만 나타나는 것은 아니다. 더욱 근본적으로는 그들이 말하는 파불라와 슈제트의 의미에서부터 차이가 나타난다. 슈클로프스키는 파불라를 재료로, 슈제트를 재료에 대한 가공, 혹은 그 가공의 결과물로 본다. 파불라는 그저 사건들을 곧이곧대로 기술했을 뿐 아직 슈제트적 가공의 손길을 거치지 않은, 작품이 되기 전 단계의 원재료일 뿐이다. 파불라는 예를 들면『예브게니 오네긴』에서처럼 화자의 여담을 통해 간헐적으로 중단된 형태가 됨으로써 슈제트가 된다. 이 운문소설을 읽은 독자는 물론 중간에 섞여 들어간 화자의 여담을 빼고 조각난 예브게니 오네긴의 사랑 이야기를 다시 이어 붙여서 기억하거나 다른 사람들에게 그렇게 이야기해줄 수도 있을 것이다. 그러나 그것은 작품을 슈제트적 가공 이전의 재료 상태로 환원하는 퇴행적 작업일 뿐이며, 그가 하는 이야기는 푸쉬킨의 작품과는 아무 관계도 없다. 파불라는 슈제트적 가공을 거쳐 변형된 상태에서만, 즉 『예브게니 오네긴』의 경우 화자의 여담과 함께 배치되어 있는 한에서만, 작품의 일부를 이룬다. 슈클로프스키의 슈제트 이론은 가공 구성의 모델이다.

반면 토마셰프스키가 서술하는 파불라와 슈제트의 관계는 재료와 가공된 것 사이의 관계가 아니다. 토마셰프스키는 파불라와 슈제트가 **동일한 사건들**의 결합으로 이루어진다고 말한다. 차이는 그 결합을 사건들 자체의 시간적·인과적 관계에서 이해하느냐, 작품 자체의 배열, 즉 작품이 독자에게 그 사건들을 소개하는 순서라는 면에서 이해하느냐에 있을 뿐이다. 요컨대 사건들에 관해 이야기하는 한 편의 작품은 파불라의 층위와 슈제트의 층위로 이루어진다. 파불라는 작품 이전의 재료가 아니라 작품의 내부에 있다. 파불라와 슈제트의 관계는 시간적 선후 관계가 아니다. 양자는 함께 한 편의 이야기를 이룬다는 의미에서 공시적 관계에 있다. 요컨대 토마셰프스키가 제시하는 것은 계층 구조의 모델이다.

파불라를 슈제트라는 목표 지점으로 가는 데 사용되는 재료로 보기보다 슈제트와 공존하는 작품의 일부로 보는 계층 구조의 모델은 내용과 형식의 중요성에 관한 문제에서 토마셰프스키가 비교적 중립적 태도를 취한 것과도 잘 어울린다. 아마 슈클로프스키도 토마셰프스키가 파불라와 슈제트 개념에 가져온 의미의 변화와 그 배후에 있는 태도의 차이를 느낀 것 같다. 그래서인지 그는 자신이 제시한 파불라와 슈제트의 구별을 토마셰프스키가 『문학의 이론』에서[5] "꽤나 정확하게" 옮겨놓고 있으며 다만 교과서라는 성격 때문에 원저자를 밝히지 않은 것이라는 다소 미묘한 논평을 남기고 있다.(Schmid 2014, 215 참조)

5) 『문학의 이론』은 토마셰프스키의 1925년 저서이며 여기서 인용된 「주제론」은 그 책의 한 장이다.

스토리와 담화: 토도로프의 언어학적 재구성

러시아 형식주의 이후 파불라/슈제트의 개념을 중요한 방법론적 기초로 수용한 현대 서사학은 슈클로프스키보다는 토마셰프스키가 가리킨 노선을 이어간다. 그것은 전위적인 러시아 미래파와 긴밀하게 연관된 슈클로프스키의 이념적 이론보다는 상대적으로 중립적인 토마셰프스키의 이론이 서사 분석의 방법론으로서 학문적 객관성에 더 근접한 것으로 보였기 때문일 것이다. 프랑스의 구조주의 문학이론가 츠베탕 토도로프의 「서사문학의 범주들Les catégories du récit littéraire」(1966)은 파불라/슈제트의 개념 쌍이 오늘날 널리 통용되는 스토리/담화의 개념 쌍으로 이행하는 데 중요한 역할을 한 논문으로서, 여기서 스토리와 담화는 다음과 같이 정의된다.

가장 일반적인 수준에서 문학작품은 두 측면을 지닌다. 그것은 스토리histoire인 동시에 담화discours다. 문학작품은 일정한 현실, 즉 일어난 것으로 보이는 사건들, 같은 관점에서 실제로 살아 있는 자들과 혼동되는 인물들을 환기한다는 의미에서 스토리다. 같은 스토리는 이를테면 영화와 같이 다른 매체를 통해서도 이야기될 수 있을 것이고, 우리는 그것을 책이 아니라 어떤 증인의 구술을 통해서 접할 수도 있을 것이다. 그러나 작품은 동시에 담화이기도 하다. 스토리를 이야기해주는 화자가 있고 그의 맞은편에 이야기를 듣는 독자가 있다. 이 층위에서 중요한 것은 보고되는 사건들이 아니라 화자가 그것을 우리에게 알려주는 방식이다. 스토리와 담화의 개념이 언어 연구에 결정적으로 도입된 것은 벤베니스트가 이를 명확하게 정식화한 이후다. 이 두 개념을 처음으로 구분한 것은 러시아 형식주의자들로, 그들은 이를 각각 파불라("실제로 일어난 일")와 슈제트("독자가 그것을 알게 되는 방식")라고 불렀다.

_Todorov 1966, 126-127

토도로프는 위의 인용문 마지막 문장에서 토마셰프스키의 말을 직접 인용함으로써 자신이 말하는 스토리와 담화의 개념이 바로 토마셰프스키의 '파불라'와 '슈제트'를 계승한 것임을 분명히 한다. 더 나아가서 '문학작품은 스토리인 동시에 담화다'라는 명제를 통해 토마셰프스키-토도로프의 모델이 공시적인 계층 구조의 모델이라는 것도 확인해준다.

그런데 이 계승 과정에서 가장 두드러지게 눈에 띄는 것은 용어의 변화다. 토도로프가 말하는 '이스투아르(스토리)'와 '디스쿠르(담화)'는 러시아어 '파불라'와 '슈제트'의 번역어가 아니다.

파불라와 슈제트라는 러시아어 단어는 원래 둘 다 사건들의 결합으로서의 줄거리, 플롯 정도를 의미하며, 따라서 일상적으로는 특별한 구별 없이 사용할 수 있는 유의어다. 러시아 형식주의자들은 일상에서 혼용되는 두 단어를 이론적으로 재정의함으로써 동일한 현상의 상이한 두 측면, 혹은 두 층위를 나타내는 이론적 개념 쌍으로 정립한 것이다. 볼프 슈미트는 파불라와 슈제트의 구별을 처음 제안한 슈클로프스키에 대해 다음과 같이 말한다. "이러한 이분법으로 슈클로프스키는 본래 똑같이 이야기된 소재, 이야기된 줄거리를 의미하던 두 개념을 대립적인 것으로 만든다."(Schmid 2005, 207) 앞에서 본 것처럼 토마셰프스키도 파불라와 슈제트가 같은 사건들로 이루어져 있다고 말함으로써, 두 개념이 동일한 기원에서 나온 것임을 암시한다.

반면 토도로프가 말하는 스토리와 담화라는 용어 자체는 에밀 벤베니스트의 언어학에서 연유하며, 이 맥락에서 두 개념은 이야기되는 사건의 결합이나 배열 문제로 환원할 수 없는 언어적 층위의 문제 전체를 가리킨다. 벤베니스트에 따르면 스토리는 "이야기 속 화자의 개입이 전혀 없이 일정한 순간에 발생한 사실을 보여주는 것"(Benveniste 1966, 239)이고, 담화는 "화자와 청자가 전제되어 있고, 전자에게 후자에게 어떤 식이든 영향을 줄 의도가 있는 모든 발화 행위"를 의미한다.(Benveniste 1966, 242)[6]

---

6) 벤베니스트의 언어학적 개념으로서 histoire는 대체로 '이야기'로 번역된다.(김
   휘택 2008, 504) 다만 이 문제가 논의되는 벤베니스트의 저서 『일반언어학의

벤베니스트는 프랑스어 시제의 체계를 두 유형의 진술을 구별해주는 지표로 삼는다. 본래 언어는 화자와 청자가 공유하는 현재의 시간(발화 행위가 이루어지는 시간)을 기준으로 시제가 결정된다. 하지만 과거에 일어난 역사적 일을 기록하는 문어에서는 기록하는 자의 주관적 시간이 드러나지 않는 (프랑스어의) 단순 과거가 기본 시제이고, 그 외에 대과거, 반과거 등 제한적인 몇몇 시제만이 사용될 뿐이다. 이러한 시제에서는 발화 행위의 현재가 의미를 가지지 않기에 화자는 감추어지고 진술되는 대상과 사태만이 환기된다. 역사 서술 외에 문학에서는 화자가 1인칭 대명사를 전혀 사용하지 않으며 자신의 존재를 최대한 느껴지지 않게 만드는 3인칭 형식의 소설이 전형적인 스토리에 해당된다. 그 반대편 극에 있는 담화의 전형적인 예는 화자와 청자가 대면 상태에서 소통하는 구어적 상황이다. 여기서 단순 과거는 결코 나타나지 않으며 그 외에 모든 시제가 두루 사용된다. 담화에서 화자는 진술을 통해 주체적 의도를 실현하고자 하는 어떤 행동을 하고 있는 것이며 대체로 그 주체의 의도까지 전달되어야 할 의사소통의 내용에 포함된다. 하지만 스토리와 담화의 구별은 문어와 구어의 구별에 조응하지는 않는다. 모든 구어는 담화이지만, 모든 문어가 스토리는 아니다. 편지처럼 글의 매체를 통한 개인적 의사소통, 문어 속에 재현되는 구

제문제』의 한국어 번역판(황경자 역, 1992)에서는 '역사적 이야기'라는 번역어가 사용된다. 현재 논의에서는 혼란을 피하기 위해 벤베니스트의 'histoire'와 토도로프의 'histoire'를 모두 스토리로 번역한다.

어적 대화, 1인칭 화자가 등장하는 자서전적인 성격의 문어적 서술 등은 담화라고 할 수 있기 때문이다. 하나의 글 안에서도 스토리가 담화로 교체되는 일이 일어날 수 있다.

이처럼 벤베니스트가 제안한 스토리와 담화의 구별은 발화 행위의 주체가 얼마나 명시적으로 드러나느냐 하는 문제와 관련된다. 스토리에서 독자는 화자의 존재를 거의 느끼지 못한 채 오직 서술되는 이야기에만 몰두하게 된다. 벤베니스트는 스토리가 주체 없이 스스로 이야기되는 것 같은 인상을 불러일으킨다고 말한다.

그러나 그것이 곧 스토리에 발화의 주체가 없다는 것을 의미하지는 않는다. 스토리와 담화의 구별은 보이느냐 보이지 않느냐의 문제이지 존재하느냐 존재하지 않느냐의 문제가 아니다. 벤베니스트가 말하는 스토리에도 화자는 있다. 역사 기록 자체가 그것을 기록한 주체의 존재를 전제한다. 익명의 화자가 자신을 드러내지 않고 주인공과 인물들에 관해서만 이야기하는 3인칭 소설에도 화자가 없는 것은 아니다. 그래서 이제 이렇게 말할 수 있다. 스토리든 담화든 모든 진술에는 진술되는 사태의 층위가 있고 그것을 진술하는 주체의 층위가 있다. 벤베니스트가 제안한 스토리와 담화의 구별도 근본적으로 모든 진술이 그 두 층위를 가지고 있기 때문에 가능한 것이다. 진술하는 주체를 잊고 진술되는 사태에 주의를 집중하게 하는 것이 스토리라면, 진술하는 주체에게 주의를 환기시키는 진술의 형식이 담화다.

토도로프는 스토리와 담화 개념을 벤베니스트에게서 빌어오
면서도 그 의미를 대폭 변경한다. 벤베니스트의 이론이 진술 대상
의 층위를 지향하느냐 아니면 진술 주체의 층위를 지향하느냐 하
는 물음을 기준으로 진술을 분류하는 유형학적 모델이고, 이때 스
토리와 담화가 각각 하나의 진술 유형을 나타낸다면, 토도로프는
동일한 용어를 진술의 두 층위 자체, 즉 대상 층위와 주체 층위를
지시하는 개념으로 사용한다. 진술되는 사태의 층위가 스토리이
고, 진술하는 주체의 층위가 담화다. 그래서 화자가 숨어 있는 3인
칭 소설을 두고 벤브니스트는 담화가 아니라 스토리라고 말하지
만, 그러한 소설도 토도로프에게는 스토리인 동시에 담화이기도
하다.

이러한 개념의 변조를 거쳐 스토리/담화의 개념 쌍은 파불
라("실제로 일어난 것")/슈제트("일어난 사건을 작품이 독자에게 어떻게 알
리는가")의 개념 쌍에 접속된다. 파불라와 슈제트 개념이 각각 진
술 대상의 층위와 진술 주체의 층위를 의미하는 스토리와 담화로
대체되면서, 서사 층위의 문제도 사건의 결합과 배열 방식(사건들
의 시간적-인과적 순서인가, 작품이 사건들을 알려주는 순서인가)을 넘어
서 더욱 일반적인 차원으로 확대된다. 스토리는 "보고되는 사건들
의 전체"가 아니라 보고되는 모든 대상을 포괄한다. 즉 문학작품은
스토리의 층위에서 "일정한 현실, 즉 일어난 것으로 보이는 사건
들, 같은 관점에서 실제로 살아 있는 자들과 혼동되는 인물들을 환
기"(Todorov 1966, 126)한다. 이에 상응하여 담화 역시 사건 배열 방

식보다는 더 넓은 의미로, 그러니까 사건과 인물과 그들의 현실 전반에 관하여 화자가 독자에게 진술하는 방식으로 정의할 수 있다.

그런데 여기에는 또 한 가지 주목할 만한 점이 있다. 토도로프는 스토리를 직설적으로 정의하지 않고 '문학작품은 일정한 현실을 환기한다는 의미에서 스토리다'라는 다소 복잡하고 우회적인 표현을 사용한다. 이는 "파불라는 실제로 일어난 일"이라는 토마셰프스키의 단순한 정의와는 상당한 차이가 있다. 우리는 여기서 토도로프가 스토리를 곧바로 이야기되는 현실 자체와 등치시키지는 않으려 한다는 것을 짐작할 수 있다.

이런 입장은 이상적인 시간적 순서의 재현 불가능성에 대한 토도로프의 논의에서 더욱 선명하게 드러난다. 토마셰프스키가 파불라를 실제적인 방식으로, 즉 자연스러운 시간적, 인과적 순서에 따라서 나타낼 수 있는 어떤 것으로 규정하는 데 반해, 토도로프는 사건을 엄격하게 실제 일어난 시간 순서대로 배열한다면 어떤 인식 가능한 스토리도 산출되지 않을 것이라고 주장한다. 이야기에 두 사람이 등장하기만 해도 엄밀한 의미에서 시간 순서대로 상황을 제시하는 것은 불가능해진다. 두 인물이 마주 보고 대화를 나누는 경우, 한 사람이 말하는 사이에도 다른 사람에게는 무언가 다른 일이 일어나고 있다. 그러므로 "시간 순서를 지키기 위해서는 문장이 바뀔 때마다 한 인물에서 다른 인물로 건너뛰어서 이 두 번째 인물이 '그동안' 한 일에 대해 이야기해야 할 것이다."(Todorov 1966, 127)

엄격한 시간적 질서는 단선적이지만(시간은 선후를 가진 단일한 축 위에서 흘러간다) 세계에서 일어나는 일은 늘 다선적이다. 세계는 동시다발적인 과정이고, 무엇보다도 이야기할 만한 흥미로운 스토리는 동시다발적 사건들이 서로 영향을 주고받는 가운데 전개되기 마련이다. 그런데 동시적인 다수의 사건을 일렬로 배열하면서 시간 순서를 지킬 수 있는 방법은 없다. 토도로프가 말한 방식, 즉 문장이 바뀔 때마다 한 인물에서 다른 인물로 건너뛰는 방식조차 결국 동시적인 관계를 순차적인 관계로 변형시키는 것이기에 시간 질서의 왜곡을 일으킨다고 할 수 있다. 또 설사 그것이 시간 질서의 변형을 최소화하는 방법이라고 하더라도, 동시다발적인 과정을 그런 식으로 배열하다가는 사건의 연관 관계는 완전히 흐트러지고 이해할 수 없는 산발적 데이터의 연속밖에 남지 않을 것이다. 우리는 거기서 아무런 '스토리'도 알아보지 못할 것이다.

토마셰프스키가 말한 파불라, 혹은 사람들이 일반적으로 스토리, 혹은 줄거리라고 부르는 것, 즉 시간 축 위에 일렬로 늘어놓을 수 있는 사건들의 인과적 연쇄는 실은 동시다발적인 여러 사건의 '줄기' 가운데서 단 하나의 줄기를 택하여 그 줄기와 관련된 사건들만을 시간 순서에 따라 배열함으로써 만들어진다. 예컨대 A라는 인물과 B라는 인물이 등장하는 이야기에서 B는 제쳐두고 A가 관여된 사건의 줄기만을 시간 순서대로 따라가는 식이다. 그러나 그렇게 하더라도 어느 순간 B의 줄기가 A의 줄기에 개입한다면 문제는 복잡해진다. 그럴 경우 B의 줄기도 A의 줄기에 영향을 미치는 한에서 스토리에 포함되어야 하겠지만, 그렇게 하는 순간 스토리에 포함된 사건들을 자연적인 시간적 인과적 순서에 따라 단선적으로 배열하는 것은 불가능해진다.

샤를 페로의 동화『신데렐라Cendrillon』를 생각해보자. 많은 단순한 동화들이 그렇듯이『신데렐라』도 슈제트 층위에서의 자리바꿈이 거의 없이 사건이 일어나는 시간적 순서, 즉 파불라의 질서를 그대로 반영하는 이야기로 여겨진다. 그런데 반드시 그렇다고 할 수 있을까?

신데렐라는 계모의 차별과 멸시 속에 힘겹게 삶을 이어가는데, 그러던 중 왕궁의 무도회 소식이 전해져 온다. 왕자가 무도회를 열고 지체 높은 집안의 모든 이들을 초대한 것이다.(Perrault 1867, 24) 무도회 초대는 신데렐라의 삶에 큰 영향을 미치는 원인이기에 신데렐라 스토리에서 빼놓을 수 없는 중요한 사건이라고 할 수 있다. 그러나 그것은 본래는 신데렐라의 삶과는 전혀 무관하게 결정된 일로서, 말하자면 외부에서 신데렐라의 삶에 갑자기 날아든 사건이다. 어떻게 이런 일이 일어났는가? 이 무도회는 어떤 목적으로 열리는가? '지체 높은 집안의 모든 이들'이라는 초대 대상은 어떤 배경에서 정해진 것인가? 그것은 단순히 궁정의 정례 행사인가? 아니면 이런 무도회를 하게 만든 어떤 특별한 계기가 있는가? 동화의 화자는 그 어떤 설명도 해주지 않는다.[7]

---

7) 페로의 판본과는 상당히 많은 내용적인 차이를 보이는 그림 형제 동화집의『신데렐라(Aschenputtel)』는 '신부 구하기'를 무도회의 이유로 언급한다.(Brüder

하지만 만일 왕자의 무도회가 신데렐라의 세계 속에서 당연히 열리는 정례 행사가 아니고 열리지 않을 수도 있는 우연적인 사건이었다면, 무엇보다도 왕궁에서 무도회를 개최하게 된 특별한 사정이야말로 계모의 악의와 차별 대우로 인해 하녀와 같은 삶을 살아가던 신데렐라가 행복을 찾게 해준 결정적 원인이라고 해야 할 것이다. 그런데도 우리에게 알려진 신데렐라 스토리에는 바로 그 부분이 누락되어 있는 것이다. 동화는 단지 불행에서 행복으로 가는 신데렐라의 삶의 줄기를 따라갈 뿐, 무도회를 열기로 결정하기까지 왕궁의 맥락에서 진행된 사건의 줄기는 배제해버린다. 궁정에서 개최되는 무도회는 무도회에의 초대 사실이 신데렐라의 집에까지 알려질 때에 비로소 의미 있는 사건이 되고, 그 사건의 일어나기까지의 과정은 이야기의 본류에 속하지 않기에 언급할 가치조차 없는 일로 취급되는 것이다. 동화는 이처럼 주인공의 운명과 깊은 관련이 있는 제2의 줄기조차 본류와 접촉한 부분만을 남겨두고 전부 쳐내는데, 이런 과감한 생략 덕택에 사건이 발생 순서대로 서술된다는 환상이 유지된다.[8]

만일 신데렐라의 불행한 삶에서 시작하여 무도회 초대장이 날아온 일까지 차례대로 이야기하던 화자가 무도회가 개최된 경

Grimm 1993, 155−156) 하지만 여기서도 왕자의 신부 구하기가 왜 그런 특별한 무도회라는 형식을 통해서 시도되는지는 이야기되지 않는다.

8) 디즈니 애니메이션 〈신데렐라〉는 왕이 제안하는 모든 신붓감을 거절하는 까다로운 왕자의 모습을 잠시나마 보여주면서 왜 왕자의 신부 구하기가 공개적인 무도회의 방식으로 이루어지게 되었는지를 설명해준다.

위를 설명하려 한다면 사건의 시간을 거슬러 올라가야 했을 것이고, 이와 함께 스토리 혹은 파불라가 사건들의 단선적인 시간적 연쇄로 환원되지 않는다는 점이 드러났을 것이다.

토도로프는 세계의 다선성으로 인해 이상적인 시간 순서에 따라 이야기하는 것이 불가능하다는 점을 지적하면서 다음과 같이 결론 내린다.

> 이 개념(스토리 개념)은 차라리 일어난 사건에 대한 실제적 설명에 상응한다고 볼 수 있다. 따라서 스토리는 관습에 지나지 않는다. 스토리는 사건 자체의 층위에는 존재하지 않는다. 경찰관이 작성한 사건 보고서가 정확히 이 관습의 규범을 따른다. 여기서는 사건들이 최대한 명료하게 설명된다(반면 여기에서 자신의 이야기를 위한 플롯을 끌어내는 작가는 중요한 세부 사항을 감추어두고서 마지막 순간에야 비로소 우리에게 이를 밝혀준다). 이 관습은 너무나도 널리 퍼져 있어서 작가가 사건의 서술 속에서 만들어낸 특수한 변형은 시간적 순서가 아니라 바로 이 관습과의 대비 속에서 드러나는 것이다.
>
> _Todorov 1966, 127

토도로프는 스토리가 어떤 현실, 실제로 일어난 것 같은 사건, 존재하는 듯이 보이는 인물을 환기하지만 이를 현실 자체와 동일시해서는 안 된다고 주장한다. 스토리는 일정한 관습에 따라 재구성된 현실이다. 그리고 그 관습을 가장 잘 반영하는 것은 어떤 범죄 사건의 자초지종을 명료하고 정확하게 기술하는 경찰관의 수사 보고서다.

토도로프는 이처럼 러시아 형식주의자들이 제시한 파불라와 슈제트의 대립 쌍을 수용·변형하여 스토리와 담화로 구성된 이원적 층위 모델을 제시하면서도, 스토리를 현실 자체가 아니라 일정한 관습에 따라 구성된 것으로 간주함으로써 이원적 층위론에서 벗어날 가능성을 열어놓는다. 위의 인용문에서 본 것처럼 그는 부정적인 방식으로나마 스토리와 구별되는 사건 자체의 층위를 제3의 층위로 설정할 수 있음을 주장하기 때문이다.("따라서 스토리는 관습에 지나지 않는다. 그것은 사건 자체의 층위에 존재하지 않는다.")

만일 스토리와 담화 외에 사건 자체를 제3의 층위로 추가한다면, 세 층위 사이의 관계를 어떻게 이해해야 하는가 하는 문제가 제기될 수 있다. 토도로프는 이 문제에 대한 답도 어느 정도는 제공하고 있다. 우선 사건 자체와 스토리의 관계에 대해 살펴보자. 스토리가 사건 자체가 아니며 관습일 뿐이라는 토도로프의 주장은 사건 자체가 관습적 틀에 맞추어 선별되고 재정렬되어 스토리로 만들어진다는 뜻으로 해석할 수 있다. 즉 사건 자체를 일정하게 가공하고 재구성한 결과가 스토리인 것이다. 토도로프는 이처럼 스토리를 '사건 자체'의 관습적 재구성으로 규정한 뒤 그것과 담화 사이의 관계가 어떤 것인지에 대해서도 간접적으로 답을 제공한다. 그가 말하는 것처럼 스토리가 사건이나 현실 자체가 아니라 널리 퍼진 어떤 일반적 관습에 따라 가장 명료하게 설명하려는 의도를 가진 경찰관의 수사 보고서 같은 것이라면, 스토리도 일종의 담화라고 할 수 있을 것이다. 수사 보고서란 작성자와 수신자 사이의 커뮤니케이션 매체로서 수신자에게 사건에 관해 알리는 일정한 형식이기 때문이다. 그러나 그것은 작가(문학작품의 저자)가 생산하는 담화와는 분명히 구별된다. 작가는 사건을 최대한 명료하게 설명하려는 보고서와 같은 스토리에서 "자신의 이야기를 위한 플롯을 끌어"내며 "중요한 세부 사항을 감추어두고서 마지막 순간에야 비로소 우리에게 이를 밝혀준다." 즉 작가—토도로프는 아마도 미스테리를 증폭시키는 추리소설의 작가를 염두에 두고 있는 듯하다—는 스토리라고 불리는 관습적이고 일반적인 담화 형식을 변형하여 자신의 고유한 이야기, 소설적인 담화를 생산한다.

그렇다면 스토리와 담화 사이의 관계는 오직 사건을 정확히 알리는 데만 집중하는 경찰관의 수사 보고서와 같은 비소설적 담화와 독자에게 고도의 긴장과 흥미를 불러일으키기 위해 고안된 복잡한 장치를 갖춘 추리소설의 담화 사이의 관계로 이해할 수 있을 것이다. 이때 추리소설의 창작 과정은 비예술적인 담화인 스토리라는 재료를 소설의 예술적 담화로 가공·변형하는 작업으로 나타난다. "작가가 사건의 서술 속에서 만들어낸 특수한 변형은 시간적 순서가 아니라 바로 이 관습(스토리의 관습)과의 대비 속에서 드러나는 것"이라는 토도로프의 진술은 사건의 단순한 기술인 파불라를 예술적으로 가공·변형하는 것이 곧 슈제트 구성 작업이라는 슈클로프스키의 생각과 정확히 일치한다. 그것은 스토리와 담화의 관계를 비예술적 재료와 예술적 구성의 관계로 보는 가공 구성의 논리이며, 토도로프 자신이 불과 몇 줄 위에서 슈클로프스키의 슈제트 중심주의를 넌지시 비판하면서 확언한바, 즉 스토리도 담화도 문학작품의 두 층위라는 점에서 똑같이 문학적이라는 테제와는 정면으로 충돌한다.(Todorov 1966, 127)

그리하여 우리는 스토리의 관습적 성격에 관한 토도로프의 간략한 논의에서 다음과 같이 두 단계로 이루어진 가공 구성의 모델을 도출해낼 수 있을 것이다.

현실 자체　　⇨　　스토리(비문학적 담화)　　⇨　　작품
　　　　　　　가공 구성　　　　　　　　　　가공 구성
　　　　　　　이해 가능성　　　　　　　　　예술적 효과
　　　　　　　명료성

이 도식을 풀어서 설명하면 다음과 같다. 스토리는 현실 자체라는 대상에 1차적인 가공 구성 작업이 가해진 결과물이고(경찰관의 수사 보고서), 다시 그 스토리에 대한 2차 가공 구성을 통해 작품(추리소설)이 생산된다. 슈클로프스키의 이론에서 가공 구성 작업이 파불라에서 슈제트로의 이행에서만 이루어지는 것이었다면, 토도로프가 도입한 스토리와 '사건 자체'의 구별은 다단계적 가공 구성 모델의 가능성을 보여준다. 이 가능성은 후에 서사 텍스트 구성 과정에 대한 칼하인츠 슈티얼레Karlheinz Stierle의 이론을 통해 현실화되고 볼프 슈미트의 4층위 모델에서 더욱 정교화된다.

　　그러나 정작 토도로프 자신은 가공 구성 모델의 가능성을 암시만 하고 그 방향으로의 논의를 본격적으로 전개하지는 않는다. 그는 「서사문학의 범주들」의 후속 논의에서 스토리의 분석 방법과 담화의 분석 방법을 각각 '스토리로서의 이야기récit comme histoire'와 '담화로서의 이야기récit comme discours'라는 소제목 하에 차례로 논의하면서 스토리와 담화를 "문학작품"을 이루는 두 개의 층위로 보는 계층 구조의 모델로 돌아가고, 스토리와 구별되는 사건 자체에 대해서는 더 이상 아무런 언급도 하지 않는다. 그가 만일 사건 자체-스토리-담화로 이루어진 다단계적 가공 구성 과정에 대한 생각을 좀 더 발전시켰더라면, 그러한 이론은 스토리와 담화를 모두 작품 내적인 층위로 파악하는 계층 구조의 이론과 양립하기 어렵다는 점을 곧 깨달았을 것이고 이질적인 두 이론적 단초를 어떻게 조화시킬 수 있을까 하는 물음과 씨름했을 것이다. 바로 그런 문제와 대결한 것이 다음 절에서 볼 볼프 슈미트의 이론이다.

사태에서 담화의 현시까지: 볼프 슈미트의 이야기 발생론

볼프 슈미트는 『서사학의 기초Elemente der Narratologie』에서 스토리와 담화라는 이원적 층위 모델의 불충분함을 보완하기 위해 이야기되는 대상, 혹은 스토리의 층위를 사태Geschehen[9]와 스토리Geschichte로 나누고, 이야기하는 주체와 그의 언어를 포괄하는 담화의 층위 역시 내러티브Erzählung[10]와 내러티브 현시Präsentation der Erzählung로 세분한다. 그리하여 한 편의 이야기에 총 4개의 층위를 설정하는 4층위 모델이 성립한다.(Schmid 2014, 223)

우선 사태와 스토리의 구별은 토도로프가 말한 "사건 자체"

---

9) Geschehen은 사건 외에 마땅한 번역어가 없지만, 한국어 단어 '사건'은 뭔가 특별하게 일어난 예외적 일을 가리키는 Ereignis의 의미에 가까워서 주체의 평가가 깃들어 있는 용어이다. 'Geschehen'이 서술 주체의 담화를 통한 가공 이전의 현실, 아직 스토리로서 의미 부여되지 않은 객관적 현실을 가리킨다는 점을 부각시키기 위해 여기서는 사태로 번역할 것이다.

10) Erzählung은 '이야기'로 옮길 수도 있으나, 이 연구에서는 '이야기'를 한 편의 서사물을 뜻하는 용어로도 사용하고 있으므로, 이야기의 한 층위로서의 Erzählung은 내러티브라고 옮기기로 한다. 슈미트 자신도 『서사학의 기초』 영어판에서 서사 층위로서의 Erzählung에 상응하는 영어 개념으로 narrative를 사용한다.(Schmid 2010, 205)

와 일정한 관습적 구성물로서의 스토리 사이의 구별을 떠오르게
한다. 슈미트는 서사 층위의 문제와 관련하여 토마셰프스키와 토
도로프의 논의를 차례로 소개하면서도 토도로프가 토마셰프스키
와 달리 사건 자체와 스토리를 구별했다는 사실은 언급하지 않는
다.(Schmid 2014, 215–220) 물론 토도로프의 경우 사건 자체와 스토
리의 구별에 대한 인식에서 이론적 혁신으로 나아가지 못하고 분
석 방법론의 면에서는 토마셰프스키와 본질적으로 다르지 않은
논의를 펼치고 있기 때문에, 슈미트가 이를 주목하지 않은 것도 이
해할 만하다.

　슈미트가 자신의 입장을 선취한 것으로 인정한 이론가는 칼
하인츠 슈티얼레다. 슈미트는 슈티얼레가 1971년에 아직 의미 부
여되지 않은 사건 자체로서의 사태Geschehen와 이에 대한 해석을 통
해 의미 부여된 스토리Geschichte를 구별한 바 있음을 환기하면서,
이를 서사학 발전의 중요한 지점으로 지목하고 슈티얼레의 용어
인 사태와 스토리를 자신의 모델 속에 그대로 받아들인다.(Schmid
2014, 221–222, 223)

　슈티얼레는 사태의 층위를 도입하면서 이원적 층위 모델을
삼원적인 모델로 개편하는데, 슈미트는 이러한 모델의 의의를 다
음과 같이 요약한다.

　슈티얼레의 삼원론은 의미 있는 스토리와 그러한 스토리의 해
석 대상으로서 암묵적으로 전제되는 사태를 구별함으로써 슈

클로프스키가 미적으로 무차별하게 주어져 있는 재료라고 본 스토리의 층위가 실은 의미를 형성하는 예술적 작업의 결과물임을 보여준다.

_Schmid 2014, 221-222

슈미트는 여기서 사태라는 제3의 층위를 설정할 경우 스토리의 의미가 변화한다는 점을 정확히 지적한다. 슈클로프스키가 파불라와 슈제트를 구별하면서 파불라(스토리)를 미적으로 무차별적인 재료라고 보았다면, 슈티얼레의 3원적 층위론에서는 스토리가 "의미를 형성하는 예술적 작업의 결과물"로 나타난다. 사태가 의미와 해석 이전의 층위로 등장하면서 스토리는 순수한 객관성의 자리에서 밀려나 주체화된 담화의 성격을 띠게 되는 것이다.[11]

슈미트는 슈티얼레의 3원론에 만족하지 못하고 담화에서도 두 층위를 구별하여 4원적 층위 모델을 수립한다. 그것은 전통적으로 이원적 층위론에서 말하는 담화의 개념 속에 뒤섞어서는 안 되는 이질적인 측면이 공존하고 있다는 판단 때문이다. 하나는 토마셰프스키가 말한 슈제트의 측면, 즉 사건들을 작품 속에서 결합하고 배치하는 문제고, 다른 하나는 그렇게 구성된 슈제트를 언어

---

11) 스토리의 담화적 성격은 이미 스토리와 사건 자체의 구별 가능성을 언급한 토도로프에 대한 논의에서도 드러난 바 있다. 다만 토도로프가 스토리 구성이 일반적인 관습을 바탕으로 이루어진다고 말하면서 스토리를 예술적 구성물로까지 볼 수 있는 가능성을 차단하는 반면, 슈미트는 스토리의 구성적 성격을 더 적극적으로 해석한다.

라는 매체로 구현하는 문제다. 동일한 사건들의 결합과 배치가 언어로 구현될 수도 있지만 영화적으로 구현될 수도 있음을 생각해보면 슈미트가 왜 내러티브와 내러티브의 현시를 구별하려 하는지 이해할 수 있을 것이다.[12] 토도로프가 담화의 문제를 어떻게 스토리를 독자에게 알리느냐의 문제라고 하였을 때 어떻게를 '어떤 순서로'의 의미로 해석하면 내러티브의 층위가 되고, '어떤 매체'로 혹은 '어떤 표현 수단으로'라고 해석하면 내러티브 현시의 층위가 된다.[13]

이제 슈미트가 담화/스토리의 이원적 모델에 일으킨 가장 중요한 변화라고 할 수 있는 사태와 스토리의 구분을 좀 더 자세히 살펴보자. 위에서 말한 것처럼 사태는 스토리 구성 이전의 현실로서 슈미트는 이를 다음과 같이 정의한다.

사태란 서사 작품 속에 명시적으로 혹은 암묵적으로 서술되거나 논리적으로 함축되어 있는 상황들, 인물들, 행위들의 무형적

---

12) 토도로프는 담화라는 언어학적 용어를 차용하면서 논의를 문학적 서사에 국한시켰으나 이후 담화 개념은 슈제트와 나란히 영화와 같은 다른 매체의 서사에 관한 연구에도 널리 사용되기 시작했다. 시모어 채트먼(Seymour Chatman)의 저서 『스토리와 담화. 소설과 영화의 서사 구조(Story and Discourse. Narrative Structure in Fiction and Film)』(1980)는 그 대표적 예다.

13) 슈티얼레도 담화 개념의 두 측면을 인지하고 담화의 초언어적인 측면을 담화 1 혹은 심층 담화. 언어화된 담화를 담화 2 혹은 표층 담화라고 부를 것을 제안한다.(Stierle 1975, 53) 슈미트는 그 구별이 '임시변통'에 지나지 않는다고 보고 담화 개념 자체를 내러티브와 내러티브 현시로 분할하는 길을 선택한다.

전체이다. 그렇게 이해된 사건 자체는 공간적으로는 원칙적으로 경계 지을 수 없는, 시간적으로는 과거를 향해 무한히 연장 가능한, 내적으로 무한히 잘게 나눌 수 있는, 무한히 많은 속성으로 구체화할 수 있는 연속체를 이룬다.

_Schmid 2014, 223

스토리는 이 모든 것과 대비된다. 무형적 연속체인 사태는 스토리 구성을 통해 일정한 형식과 경계를 부여받는다. 스토리는 일정한 공간적·시간적 범위를 가지고 내적으로 일정한 수준으로만 분절되며 제한적 수의 속성으로 구체화된다. 그래서 슈미트는 스토리가 선별의 결과라고 말한다. 스토리는 선별뿐만 아니라 형태화의 결과이기도 하다.

스토리는 사태의 무한성을 제한된 유의미한 형태로 변모시키는 두 가지 선별 작업[상황, 인물, 행위의 선택과 이들이 가진 무한한 속성 가운데서 일정한 특질의 선택]을 통해 구성된다.

_Schmid 2014, 223.

토도로프가 '사건 자체'에서 스토리로의 이행이 일어날 때 단지 널리 퍼져 있는 관습(사회 문화적 틀로서의 이야기 도식)이 개입할 뿐이라고 보는 데 반해, 슈미트는 역사 서술에 관한 짐멜의 논의와 거기서 유래하는 의미선Sinnlinie이라는 개념을 참조하면서 스토리 구성을 위한 선택과 형식화 과정에서 이야기하는 주체의 주관적 관심과 관점이 결정적 역할을 한다는 점을 강조한다.

짐멜에 따르면 역사가는 역사의 실제 과정 가운데 일정 부분을 하나의 의미 있는 전체로 만들기 위해 그 속에 어떤 관념적 선을 관통시키는바, 바로 이 선이 역사적 현실의 무한한 요소들 가운데 무엇을 선택하고 배제할 것인가를 결정하는 기준이 된다. 이와 마찬가지로 소설과 같은 허구적 이야기의 화자도 그러한 의미 선을 중심으로 "자신의 고유한 개별적 스토리를 구성한다."(Schmid 2014, 228)[14] 그리하여 슈미트는 다음과 같은 의미심장한 결론에 이른다.

> "스토리 그 자체," 즉 시점 없는 스토리란 존재하지 않는다. […] 서술적 시점화와 무관한 것은 오직 경계 지어지지 않은 무정형적 사태뿐이다. 사태의 계기와 속성을 선별하는 작업을 통해 비로소 스토리가 구성되는바, 그러한 모든 선별에는 시점이 전제된다.
>
> _Schmid 2014, 227

'시점 없이 스토리도 없다'라는 슈미트의 테제는 이야기에 특

---

14) 슈미트는 사태(Geschehen)와 스토리(Geschichte)라는 용어를 슈티얼레에게서 가져올 뿐만 아니라, 스토리 개념에 대한 논의에서도 슈티얼레의 강한 영향을 느낄 수 있다. 역사 서술에서의 관념적 선에 관한 짐멜의 고찰은 슈티얼레가 먼저 끌어들인 것이다.(Stierle 1975, 51)

정한 주체, 어떤 인물이나 화자의 시점을 도입하는 데 따른 시점화 현상이 스토리가 아니라 담화의 층위에서만 나타난다는 전통적인 가정에 대한 반박이다. 이 가정에는 "아직 시점화되지 않은 객관적인 '스토리 자체'가 있다는"(Schmid 2014, 226) 전제가 깔려 있다. 그러나 스토리는 사태의 무한한 계기와 속성 가운데서 특정한 것을 선별한 결과이고, 그러한 선별 작업에는 이미 어떤 시점이 작용하고 있는 것이다.(Schmid 2014, 227) 시점화는 무엇보다도 사태에서 스토리로의 이행 과정에서 이루어지는 작업이다.

　　　이원적 층위론의 대변자들이 대부분 시점화를 오직 담화 층위의 현상으로만 보려 하는 것은 이원적 모델에서 스토리가 객관적 대상의 층위로 규정되고 그 점에서 인식 및 언어의 주체와 관련되는 담화의 층위와 대비되기 때문이다. 역으로 말한다면 슈미트는 스토리를 시점화의 산물로 봄으로써 층위 간의 경계선을 이동시켰을 뿐이라고 주장할 수도 있다. 객관성과 주관성의 경계선이 스토리와 담화 사이에서 사태와 스토리 사이로 옮겨진 것이다. 그리고 그렇게 된 만큼 스토리와 담화(슈미트의 경우 내러티브) 사이의 경계선은 객관성과 주관성의 분리선이라는 의미를 잃고 다소 희미해질 것이다. 이러한 현상은 앞에서 토도로프의 경찰관 수사 보고서에서도 확인한 바 있다. 스토리가 수사 보고서 같은 것이고 담화가 추리소설에 해당한다면, 스토리와 담화의 차이는 비예술적인 단순한 담화와 예술적인 복합적 담화의 차이로 축소된다. 그렇다면 슈미트는 이에 대해 어떤 답을 제시하는가? 시점화의 결과로 규정되어 담화적 성격을 띠게 된 스토리와 본격적인 담화 층위의 하나인 내러티브 사이에서 슈미트는 어떤 경계선을 보는가?

이 질문과 관련하여 슈미트의 출발점을 다시 살펴볼 필요가 있다. 슈미트는 사태와 스토리를 구분하면서 양자의 관계를 가공 구성의 모델에 따라 규정한다. 사태는 스토리가 만들어지기 위한 재료로서 주어져 있고 선별을 통해 스토리가 된다. 의미도 형태도 한계도 없는 사태라는 재료가 선택 작업으로 가공되어 일정한 의미와 형태와 내적 연관성과 일정한 경계를 지닌 스토리가 생성된다. 그것을 슈미트는 변환Transformation이라고 부른다.

슈미트는 이제 나머지 세 층위 사이의 관계도 이러한 변환의 모델에 따라 기술한다. 하나의 층위가 일정한 작업을 통해 다음 층위로 변환된다. 이렇게 하나의 서사 층위를 다음 층위로 변환하는 작업을 서사 작업narrative Operation이라고 한다. 사태가 선별을 핵심으로 하는 서사 작업을 통해 스토리로 변환된다면, 스토리는 다시 도치와 단선화라는 서사 작업을 거쳐 내러티브로 변환된다. 여기서 우리는 토마셰프스키가 파불라의 '자연적인 시간적–인과적 순서'에서 이탈할 수 있는 자유에서 슈제트의 의의를 발견한 것을 상기할 수 있다. 파불라에서의 이탈로서의 슈제트라는 관념은 분명 슈클로프스키의 '슈제트적 가공'의 사상, 즉 파불라라는 비예술적 재료가 가공을 통해 예술적 슈제트로 구성된다는 사상과 밀접한 관련이 있다. 슈미트의 용어를 사용한다면 러시아 형식주의자들에게 슈제트는 도치 작업을 통한 파불라의 변환이다.

　　다만 슈미트의 모델에서 도치 외에 단선화가 스토리-내러티브 변환의 핵심적 작업으로 간주되는 것은 그가 스토리(파불라)를 토마셰프스키와 다르게 이해하고 있다는 점을 보여주는 중요한 대목이다. 단선화는 스토리에서 동시적으로 진행되는 복수의 줄기를 순차적으로 배치하여 하나의 열로 만드는 작업이다. 토마셰프스키의 논의에서는 파불라가 시간적-인과적 연속체로서 기본적으로 단선적이라고 가정된다. 이러한 견해에 따르면 파불라는 슈제트와 기본 구조를 공유한다. 파불라도 단선적이고 슈제트도 단선적이다. 따라서 파불라에서 슈제트로의 변환은 순서의 변경, 즉 도치 작업을 통해서 이루어지는 것으로 파악된다. 슈미트는 여기에 단선화 작업을 추가함으로써 스토리와 담화가 단선적 구조를 공유한다는 암묵적 전제를 파괴한다. 스토리의 다선성에 대한 인식은 뒤에서 드러나듯이 서사 층위와 구성의 모델을 재편하는 데 중요한 역할을 하게 될 것이다.[15]

---

15) 앞에서 살펴본 것처럼(35쪽) 토도로프는 사건 자체와 스토리를 구별해야 할 논거로 사건 자체의 다선성을 거론함으로써 암묵적으로 스토리의 단선적 구조를 전제하며 이로써 파불라에 대한 토마셰프스키의 관념을 계승한다. 토도로프가 스토리를 사건 자체와 달리 관습에 따라 구성된 것이라고 생각하게 된 핵심적 이유는 현실이 복합적이고 다선적이어서 사람들이 스토리의 전형적 형태로 생각하는 것, 즉 실제 시간 순서에 따라 나열된 사건의 인과적 연속체와 일치할 수 없기 때문이다. 그래서 그는 스토리가 일정한 관습에 따라 구성된 것으로 수사관의 사건 보고서에 가까운 형태를 취한다고 말한 것이다. 이때 그는 스토리를 단선적인 형식으로 이해하는 듯이 보인다. 하지만 담화가 어떻게 스토리를 변형하는지에 관해 논할 때는 단선화 작업이 담화의 단계에서 비로소 일어나는 것처럼 설명한다. "이야기에서 시간 재현의 문제는 스토리의 시간 구조와 담화의 시간 구조의 차이에서 연유한다. 담화의 시

마지막으로 내러티브는 내러티브 현시로 변환된다. 여기서 변환을 위해 이루어지는 작업은 언어화다. 혹은 연극이나 영화와 같은 이야기 장르를 포함한다면 매체화라고 부를 수도 있을 것이다. 이 단계에서 이야기는 비로소 독자가 감상할 수 있는 지각 가능한 매체의 형태를 획득한다.

이처럼 슈미트는 하나의 이야기가 무의미하고 무형적인 사태에서 출발하여 독자에게 의미 있게 전달될 수 있는 형태의 이야기(내러티브 현시)로 완성되기까지의 과정을 일정한 서사 작업을 통해 이루어지는 단계적 변환의 과정으로 기술한다. 그 밑바탕에는 슈클로프스키가 제안한 재료의 '슈제트적 가공'이라는 생각이 깔려 있다.

하지만 슈미트는 자신이 제안하는 서사 구성의 모델, 즉 이야기의 구성을 마치 그 자체 하나의 서사처럼 시작과 끝을 가진 과정으로 기술하는 모델이 어떻게 여러 층위의 공시적 관계를 전제하는 서사 층위의 모델과 양립할 수 있는가 하는 의문을 해소하지 못

간은 어떤 의미에서 단선적 시간인 데 반해, 스토리의 시간은 다차원적이다. 스토리에서는 다수의 사건이 동시에 전개될 수 있지만, 담화는 이들을 하나씩 차례로 배열해야만 한다. 복합적인 형태가 하나의 직선에 투사되어 나타난다. 이로 인해 작가가 '자연적' 사건의 연속을 더 충실히 따르고자 하더라도 필연적으로 그 순서를 파괴하게 된다."(Todorov 1966, 139) 이 서술 자체는 스토리의 다선성과 담화의 단선성을 대비시키는 슈미트의 입장과 완전히 일치한다. 다만 토도로프의 논문(「서사문학의 범주들」) 앞 부분에서는 사건 자체의 다선성 때문에 스토리에서 사건의 이상적 시간 순서를 구현하는 것이 불가능하다고 주장한 바 있으니, 토도로프는 무엇을 스토리로 보느냐 하는 문제를 두고 토마셰프스키와 슈미트 사이에서 동요하고 있는 셈이다.

한다. 이 문제는 무엇보다도 슈미트 자신이 정적이고 공시적인 계층 구조의 모델에 바탕을 둔 서사 층위론을 동적이고 통시적인 서사 구성 과정의 모델과 동일시한다는 데서 발생한다. 이러한 문제점을 의식한 듯 슈미트는 자신의 모델이 비시간적이며 관념적인 발생론일 뿐임을 강조한다.

> 서사 구성의 모델은 이야기를 작품을 일련의 변환을 통해 만들어진 결과로 파악한다. 이때 작품은 몇 개의 층위, 즉 작품 구성의 몇 단계로 나뉘고, 어떤 변환이 어떤 서사 작업과 연관되는지가 규정된다. 변환의 순서는 결코 시간적 의미에서 이해해서는 안 된다. 그것은 다만 동시적으로 작품을 만들어내는 여러 작업의 비시간적 전개일 따름이다. 그런 점에서 서사 구성의 모델들은 작품의 생성 과정을 보여주는 것도, 그 수용의 과정을 보여주는 것도 아니며, 시간의 은유에 기대어 이야기 작품의 관념적이고 비시간적 발생을 보여줄 뿐이다.

_Schmid 2014, 205

관념 발생론적인 방식이든, 기호학적 방식이든 간에 층위를 구별할 때 간과해서는 안 될 것은 작품 속에서나 수용에 있어서나 이들 층위가 동시에 존재한다는 점이다. 이미 앞에서 지적한 대로 스토리가 사태를, 또는 내러티브가 스토리를 완전히 제압하고 대체해버린다는 것은 전혀 있을 수 없는 일이다. 이

야기 작품에서는 서사 층위들은 동시적으로 공존하면서 역동
적 상관관계를 형성한다.

_Schmid 2014, 249

슈미트가 아무리 통시성과 순서를 관념적이고 비유적인 것이
라고 주장하고 층위의 동시적 공존을 역설하더라도 그의 모델이
내러티브 현시의 필수적·논리적 전제로서 내러티브를(그 역은 아니
다), 내러티브의 필수적·논리적 전제로서 스토리를(역시 그 역은 아
니다), 스토리의 필수적·논리적 전제로서 사태를 상정하고 있는 것
은 부인할 수 없다. 사태가 있어야 사태의 변환으로 스토리가 구성
될 수 있고, 스토리가 있어야 스토리를 내러티브로 변환할 수 있으
며, 내러티브가 있어야 여기서 내러티브 현시라는 최종 단계에 이
를 수 있다. 하지만 이런 순서는 사태가 이 전 과정의 출발점이고
내러티브 현시가 종착점이라는 것을 제외하면 논리적이지도, 필
연적이지도 않다. 예를 들어 글로 이야기를 서술하는 경우 사태나
스토리가 먼저 언어화되고 이후에 선택과 배치, 단선화와 같은 다
른 구성 작업이 이루어지는 것도 생각해볼 수 있다. 발화의 즉흥성
을 특징으로 하는 구술적 이야기의 경우에 여러 서사 구성 작업이
뒤엉킬 가능성은 더욱 커진다. 화자는 이미 이야기를 시작한 뒤에
도 여전히 무엇을 말하고 말하지 않을 것인지, 무엇을 먼저 이야기
할 것인지를 고민할 수 있으며, 이때 이미 발설된 말은 향후의 선
택과 이야기 순서에 절대적 영향을 미친다. '선택-단선화/도치-

언어화'라는 서사 작업의 순서도는 비현실적이다.

슈미트는 두 번째 인용문에서 서사 층위들이 동시적으로 공존하면서 역동적인 상관관계를 형성한다고 주장하고 이를 통해 서사 구성 모델과 서사 층위 모델이 서로 모순되지 않고 오히려 동전의 앞뒷면 같은 관계에 있음을 시사한다. 여기서 슈미트가 전혀 불가능한 논리를 펴고 있는 것은 아니다. 하지만 역동적인 것과 정태적인 것, 통시적인 것과 공시적인 것의 일치는 아주 특수한 조건을 필요로 한다. 그 조건이란 한 층위에서 다른 층위로의 변환이 코드화로 이해될 수 있어야 한다는 것이다. 코드화란 무엇인가? 이를테면 어떤 메시지에서 암호문을 생성해내는 작업이 코드화라고 할 수 있다. 출발점에 있는 메시지는 본래의 모습을 잃고 암호문이라는 새로운 형태로 변환된다. 그러나 그 변환이 코드화이기 때문에 암호문에는 메시지가 함축되어 있다. 암호문은 두 층위를 가진다. 변환 과정의 출발점에 있던 메시지가 암호문의 한 층위가 되고 메시지의 변환 결과인 암호문 자체가 하나의 층위가 된다. 두 층위는 코드화 과정의 시작과 끝이면서 공시적 계층 구조를 이루기도 한다.

우선 슈미트가 말한 서사 작업 가운데 내러티브를 내러티브 현시로 변환하는 언어화가 곧 코드화라는 것은 자명하다. 더 나아가서 스토리에서 내러티브로의 변환 역시 코드화의 성격을 띤다(이에 대해서는 뒤에 가서 더 설명될 것이다). 슈미트가 가정한 변환의 논리적 순서를 일단 인정한다면, 스토리의 변환을 통해 생성된 내러티브에는 스토리가 함축되어 있고, 내러티브의 변환을 통해 생성된 내러티브 현시에는 내러티브가 함축되어 있다. 변환 과정의 출발 단계는 그 과정의 도착 단계에 제압당하고 대체되어버리지 않고 도착 단계와 함께 계층 구조를 이룬다. 바로 그렇기에 내러티브 현시를 해독하면 내러티브가 나타나고 내러티브를 해독하면 스토리가 나타난다. 이러한 변환은 양방향의 과정으로 이해할 수 있다. 이야기를 생산하는 화자의 입장에서 보면 스토리가 내러티브를 발생시키고 내러티브가 내러티브 현시를 낳는다고 말할 수 있지만 이야기를 수용하는 독자의 입장에서는 역으로 내러티브 현시가 내러티브를, 그리고 내러티브가 스토리를 생성한다고 할 수도 있는 것이다. 코드화는 탈코드화를, 코드적 변환은 역변환을 예정한다.

역동적인 것과 정태적인 것의 모순적 일치라는 문제는 이처럼 변환 과정을 코드화로 이해할 수 있는 한에서 해결된다. 슈미트 역시 바로 이런 취지에서 동적 서사 구성의 모델과 정적 서사 층위의 모델을 조화시키려 한다. 그래서 서사 층위들의 관계는 관념 발생론적이기도 하고 기호학적이기도 하다고 말하는 것이다. 슈미트는 사태를 기층으로 하여 그 위로 스토리, 내러티브, 내러티브 현시까지 층층이 올라가는 도식에서 상위에 있는 층위들은 관념 발생론적으로는 하위 층위들에서 생성된 것이지만 기호학적으로는 하위 층위에 대한 기표로 기능한다고 주장한다.(Schmid 2014, 247)

슈미트의 도식에서 인접한 층위 사이에 예외 없이 기호학적 관계도 함께 성립한다면 문제는 완벽하게 해결되었을 것이다. 그러나 이 해결책은 사태와 스토리의 관계에서 난관에 봉착한다. 사태는 선택을 통해 스토리로 변환된다. 그러나 선별이라는 서사 작업은 코드화가 아니다. 스토리 속에는 사태가 해독 가능한 형태로 함축되어 있지 않다. 사태는 스토리의 재료로서 극히 일부가 선택되고 훨씬 더 많은 부분이 배제된 채 스토리로 가공된다. 스토리 속에 배제된 부분에 관한 정보는 남아 있지 않다. 스토리를 보고 가공 이전의 사태를 복원하는 것은 불가능하다. 사람들은 대체로 스토리가 그대로 사태라고 믿어버린다. 슈미트는 사태가 결코 스토리로 완전히 대체되어버리지 않는다고 주장하지만, 스토리는 마치 완제품이 재료를 대체하듯이 사태를 대체한다. 따라서 스토리는 사태의 기표가 아니다. 스토리와 사태 사이에는 기호학적 관계가 성립하지 않는다. 언어화된 내러티브 현시를 독해하면 내러티브가 나오고, 단선화되고 도치된 내러티브를 독해하면 시간적–인과적이고도 다선적인 본래의 스토리가 나온다. 스토리는 내러티브 속에 살아 있고 내러티브로 대체되지 않는다. 여기까지가 독해의 마지막 단계다. 스토리는 독해의 최종 결과이고, 스토리를 독해한다고 사태가 나오지는 않는다. 슈미트는 자신의 논리를 유지하기 위해서 스토리가 사태를 함축하고 사태를 "느낄 수 있게 spürbar"(Schmid 2014, 238) 만들어준다고 말한다. 설사 이 말을 인정하더라도 이때의 '함축'은 기표가 기의를, 내러티브가 스토리를 함축한다고 할 때의 '함축'과 동일한 의미일 수는 없다. 코드화의 결과로서 기표에 함축된 것은 코드를 풀면 다시 명백한 것이 된다. 그러나 재료가 가공 작업을 거쳐 변형된다면, 완제품이 재료의 기억을 떠오르게 하고 느낄 수 있게 해줄지는 몰라도 완제품과 재료 사이에 기호학적 의미의 함축 관계가 성립한다고 말할 수는 없다. 스토리는 해독을 통해 복원될 어떤 것으로서 사태를 자기 안에 함축하지 않는다.[16)]

이런 이유에서 사태는 다른 층위와는 달리 서사 층위의 하나라고 볼 수 없다. 그것은 이야기 외부에 있는 대상이자 재료이며, 가공, 변형되어 이야기의 일부로 소화된 한에서만 이야기의 한 층위가 된다. 그것이 스토리다.

이처럼 사태와 스토리의 관계는 역동적이고 통시적인 가공

16) 슈미트 이전에 슈티얼레 역시 사태-스토리-스토리 텍스트(담화)라는 자신의 삼원적 층위 모델과 관련하여 층위 사이의 관계가 몇 겹의 의미로 해석될 수 있음을 지적한 바 있다. 이 관계[사태, 스토리, 스토리 텍스트, 이 세 층위 사이의 관계]는 내용적으로 삼중의 측면에서 규정할 수 있다. 1. 정초의 관계: 사태는 스토리를 정초하고 스토리는 스토리 텍스트를 정초한다. 2. '해석학적 관계': 스토리는 사태를 해석하고, 스토리 텍스트는 스토리를 해석한다. 3. 탈코드화(해독)의 관계: 스토리 텍스트는 스토리를 가시화하고, 스토리는 사태를 가시화한다.(Stierle 1975, 50) 여기서 정초의 관계(1)는 슈미트가 말하는 층위 간의 발생론적 관계이고, 해독의 관계(3)는 기호학적 관계에 해당한다. 해석학적 관계(2)는 의미 투여라는 의미에서 가공의 측면을 말하는 것으로 이해할 수 있다. 슈티얼레 역시 슈미트와 마찬가지로 세 층위를 모두 이야기의 구성 과정의 계기인 동시에 이야기를 구성하는 층위로 상정한다. 그리고 이들 세 층위 사이의 관계도 동질적인 것으로 본다. 그러나 이 연구에서는 스토리와 사태가 탈코드화의 관계에 있다는 입장에 반대한다. 차라리 이렇게 말해야 할 것이다. 스토리는 사태를 해석한다. 그리고 해석 이전의 사태 자체는 보이지 않게 한다.

구성의 모델로만 기술될 수 있는 관계다. 사태는 공시적 계층 구조의 모델로 포착되지 않는 영역에 있다. 그래서 사태와 스토리의 관계는 동적으로는 코드화와 변환, 정적으로는 계층 구조 내의 공시적 관계로 기술할 수 있는 스토리와 담화의 관계와는 본질적으로 다르다. 이에 따라 사태를 스토리로 만드는 서사 작업과 스토리를 담화(내러티브-내러티브 현시)로 변환하는 서사 작업도 정확히 구별할 필요가 있다.

지금까지의 고찰을 바탕으로 다음에서는 가공의 모델과 계층 구조의 모델을 적절하게 분리하고 조합함으로써 서사 층위론을 둘러싼 기존의 논의에서 잘 해결되지 않던 문제들, 끊임없이 혼동을 불러일으킨 현상들에 대한 해명을 시도할 것이다. 이러한 논의를 시작하기 위해 주목해야 할 것은 가공 구성의 모델과 계층 구조의 모델이 교차하는 지점에 있는 '스토리'의 개념이다. 스토리는 사태의 가공을 통해 만들어진 구성물이면서 담화와 함께 한 편의 이야기를 이루는 서사 층위이기도 하다. 이러한 스토리의 양면을 살펴보는 가운데 서사 층위 모델과 가공 모델의 적절한 조합 가능성을 탐색해볼 것이다.

2

층위론의 재구성:
스토리와 담화

다시 스토리와 담화로

이 장에서는 스토리의 두 측면, 즉 가공된 구성물로서의 측면과 이야기의 계층 구조를 이루는 하나의 층위로서의 측면 가운데서 우선 후자에 관하여 고찰해볼 것이다. 그런데 이러한 작업을 위해서는 먼저 어떤 층위 모델을 바탕으로 삼을 것인지부터 결정해야 한다. 스토리/담화의 모델 외에도 볼프 슈미트의 4층위 모델을 포함하여 다양한 이론적 제안이 있기 때문이다.

일단 가장 다층적인 층위론이라 할 수 있는 볼프 슈미트의 모델에서 출발하여 그가 말하는 4개의 층위 개념을 받아들일 것인지, 일부 폐기할 것인지, 더 세분화할 여지가 있는지 검토해보자. 그가 이야기의 기층에 있다고 본 사태는 스토리로 가공되기 이전 단계의 재료일 뿐이므로 이야기의 계층 구조 안에 들어오지 못한다. 그러면 남는 것은 스토리, 내러티브, 내러티브 현시다.

여기에서는 이 세 개의 층위 가운데서 내러티브와 내러티브 현시 사이의 구분은 폐기하고 두 층위를 구분하기 이전의 개념인 담화로 다시 돌아가고자 한다. 첫째, 슈미트는 스토리의 단선화와 도치 작업을 통해 내러티브가 생성되고 내러티브의 언어화(매체화) 작업을 통해 비로소 내러티브 현시에 이르게 된다고 말하지만, 이러한 2단계 변환 도식은 그대로 받아들이기 어렵다. 앞에서도 지적한 것처럼 시간적으로든 논리적으로든 언어화가 우선하는지 단선화/도치가 우선하는지 불분명하기 때문이다. 더 나아가서 내러티브와 내러티브 현시가 담화 개념의 해체를 정당화할 정도로 뚜렷하게 구별되는 이질적 측면인지도 의심스럽다. 단선화/도치 작업이나, 언어화 작업이나 모두 스토리를 화자의 의식에서 독자의 의식으로 전달할 수 있는 매체적 형태로 변환하는 일이라는 점에서 하나로 묶일 수 있다. 뒤에서 더 상론하겠지만 담화의 단선적 구조는 곧 언어의 구조이고 그런 의미에서 단선화 작업도 결국 언어화 작업의 일부라고 할 수 있다. 따라서 이 연구에서는 슈미트가 구별한 단선화/도치 작업과 언어화 작업을 통합하여 매체화 작업으로 규정하고 그 작업의 결과도 담화라는 단일 개념으로 부르고자 한다. 다만, 담화라는 상위 범주 아래에 화자에게서 독자에게로 사건에 관한 정보가 전달되는 과정(정보들의 배열)으로서의 측면과 정보들의 전달을 위해 사용되는 매체의 질적 특성(언어·영상·공연 등)이라는 측면을 구분할 수 있을 것이다.

몇몇 서사학자들은 슈미트와는 다른 이유에서 토도로프 이래 담화 개념 내의 문제로 여겨온 어떤 측면을 독자적인 층위로 분할하려 해왔다. 가장 대표적인 것이 스토리와 담화 외에 이야기하는 행위, 즉 담화 생산 행위를 추가적인 층위로 설정하는 제라르 주네트의 입장이다. 담화는 말이나 글로서의 이야기 자체를 가리키고, 내레이션은 발화하거나 글을 써서 이야기를 만들어내는 행위를 가리킨다. 그 결과 주네트의 서사 층위론은 스토리histoire/내러티브récit(담화)/내레이션narration으로 이루어진 삼원적 모델이 된다.(Genette 1994, 16)

주네트의 삼원적 층위 모델에 대해서는 여러 비판이 있는데, 이는 대체로 주네트가 말하는 내레이션이 담화 개념 안의 부분적 측면에 지나지 않으며 그런 점에서 쥬네트의 모델 역시 이원적 층위론의 틀을 벗어나지 않는다는 견해로 수렴된다.(Martínez/Scheffel 2016, 27)

슈미트 자신은 주네트의 3원적 모델을 언급하면서 직접 비판을 제기하지는 않고 내레이션이 스토리나 내러티브와는 다른 차원의 문제라고 지적하는 미케 발의 비판을 소개하는 데 그친다.(Schmid 2014, 221) 그러나 그 비판이 슈미트 자신의 입장과 일치한다는 것은 명백하다. 슈미트처럼 서사 층위 모델을 역동적인 구성과 생성의 과정으로 기술할 경우 주네트가 말하는 내레이션은 스토리의 층위를 담화의 층위로 변환하는 서사 작업으로 간주되어 이를 별도의 층위로 설정할 필요성은 사라지기 때문이다. 서사 구성 모델과 서사 층위 모델의 적절한 결합 가능성을 탐색하는 이 연구에서도 같은 이유로 주네트의 삼원적 층위론은 수용하지 않을 것이다.

왜 내레이션이 서사 층위에 포함되지 않는지에 대해서는 이 외에도 다음과 같은 설명을 추가할 수 있다. 주네트가 말하는 내레이션과 내러티브는 과정(행위)과 그 결과의 관계에 있다. 따라서 일반적으로 결과가 과정에 대해서 알게 해주는 만큼, 내러티브는 내레이션에 대해 말해준다. 예를 들어 내러티브 속에서 사건들이 배열된 순서에 대한 질문은 화자의 이야기 행위에 대한 질문, 즉 화자가 사건을 어떻게 배치하는가라는 질문과 잘 구별되지 않는다. 내러티브 상의 배치 상태를 보면 내레이션이 어떤 것이었는지도 말할 수 있다. 결과가 필연적으로 과정의 반영으로 생각될 수 있는 한에서 내러티브와 내레이션의 구별은 무의미하다. 내러티브의 분석에서 내레이션의 특징도 함께 도출된다. 따라서 내러티브 분석은 스토리를 내러티브로 변환하는 서사 작업으로서의 내레이션에 대한 분석이기도 하다.

하지만 과정의 모든 세부가 결과 속에 자동적으로 흔적을 남기지는 않는다. 예를 들어 화자가 이야기를 글로 적는 데 얼마나 많은 시간을 투여했는지 직접 밝히지 않으면 내러티브만으로 글쓰기에 걸린 시간을 알아낼 수는 없다. 마치 사태라는 재료가 스토리 속에 온전히 보존되지 않듯이 내레이션도 내러티브에 부분적으로 반영될 뿐이다. 그런 점에서 내레이션과 내러티브를 구별하는 것은 유의미하다고 할 수 있다. 그러나 내러티브 속에 온전히 반영되지 않은 내레이션의 전 과정을 이야기의 계층 구조 가운데 하나의 층위로 설정하는 것은 또 다른 문제다. 이야기 속에 흔적을 남기지 않은 내레이션은 이야기의 내부가 될 수 없으며, 사태와 마

찬가지로 이야기의 계층 구조 안에 들어오지 못한다.[17]

17) 주네트의 스토리/내러티브/내레이션 모델은 리먼-케넌에게 스토리-텍스트-내레이션의 3원적 층위론으로 수용되고(Rimmon-Kenon 1983, 4-5), 패트릭 오닐은 이 용어를 받아들이면서 여기에 텍스트성(textuality)이라는 제4의 층위를 덧붙인다. 오닐이 말하는 텍스트성은 내레이션과의 대비를 통해 이해할 수 있다. 내레이션이 텍스트(스토리를 전달하는 말, 글, 필름 같은 매체 자체)에 내포된 텍스트 생산과 수용 과정을 의미한다면 텍스트성은 텍스트가 스스로 말하거나 함축하지 않는 텍스트 외적인 현실 맥락에서의 텍스트 생산과 수용의 과정을 가리킨다.(O'Neill 1996, 25) 예를 들어 로빈슨 크루소의 수기에는 그의 기록 행위가 내포되어 있지만 대니얼 디포가 실제로『로빈슨 크루소』라는 소설을 창작하고 현실 속 독자들이 그 소설을 읽으며 의미를 창출하는 과정은 텍스트 자체를 통해 재구성할 수 있는 것이 아니며 텍스트 외적 맥락에서의 관찰을 통해 접근할 수 있는 별개의 층위로 간주된다. 이로써 오닐은 텍스트 내재적 경향을 보여온 전통적인 구조주의 서사학에 텍스트를 부단한 변화의 과정 속에 있는 것으로 파악하려 하는 포스트구조주의적 인식을 도입한다.(O'Neill 1996, 25, 116-117) 여기서는 텍스트성 층위의 추가를 통해 저자의 의도에 대해 상대적으로 독립적인 독자의 의도와 저자가 예상치 않은 의미의 산출 가능성이 강조되는데, 전통적인 서사학이 텍스트 혹은 담화 자체와 그 전제로서 담화의 생산과정에 주로 초점을 맞추어온 점을 생각하면, 독자의 반응, 수용에 대한 강조는 충분히 의미를 지닌다. 다만 이런 문제에 대한 논의를 가능하게 하기 위해 스토리/담화의 층위론에 새로운 층위를 덧붙이는 것에 대해서는 의문을 제기하지 않을 수 없다. 앞에서도 얘기한 것처럼 담화(리먼-케넌, 오닐의 용어로는 텍스트)의 생산으로서의 내레이션은 스토리를 담화로 변환하는 서사 작업이지 독자적인 층위라고 볼 수 없다. 또 오닐이 하는 것처럼 내레이션 속에 화자의 이야기하기뿐만 아니라 그 이야기를 듣는 청자의 활동까지 포함시킨다면 내레이션은 스토리를 담화로 변환하는 작업(텍스트 생산)과 담화를 스토리로 독해하는 작업(텍스트 수용)을 아우르는 개념이 된다. 그러나 내레이션을 스토리, 담화(텍스트)와 나란히 제3의 층위로 설정하는 모델은 내레이션이 스토리와 담화 사이에서 수행하는 이러한 역할을 전혀 드러내지 못한다. 문제는 그것만이 아니다. 오닐이 텍스트성이라는 차원을 추가하여 텍스트의 실제 커뮤니케이션 과정을 고려할 것을 제안하는 이유는 텍스트에 내포된 텍스트 생산자의 의도와는 다른 의도가 실제 저자에게 숨어 있을 수 있고, 또 실제 독자는 독자대로 텍스트에 내포된 생산자의 의도가 기대하는 것과는 다른 방향으로 텍스트 독해 활동을

내레이션이 그 자체로서 내러티브와 구별되는 유의미한 고찰의 대상이 되는 것은 내러티브가 추가적으로 내레이션 자체를 서술 대상으로 삼을 때다. 로렌스 스턴의 『트리스트럼 샌디』에서 화자이자 주인공인 샌디는 자신의 자서전을 쓰는 작업이 얼마나 오래 걸리는지를 생각하며 한탄한다.[18] 여기서는 샌디의 자서전이라는 내러티브에 그 내러티브를 생산하는 과정에 대한 내러티브가 추가된다.

주네트 역시 내레이션 개념을 소개하면서 이야기하는 행위 자체가 하나의 사건으로서 이야기의 대상이 될 수 있다는 점을 환기한다. 오디세우스가 구혼자들을 죽인 것이나 파이아케스족의 나라에서 자신의 모험을 이야기한 것이나 모두 이야기 주인공의

할 수 있기 때문이다. 그런데 이 역시 스토리와 텍스트의 층위에 직접적인 영향을 주는 것이기 때문에 단순히 층위의 추가로 그칠 문제가 아니다. 텍스트성이 수용 과정에서 텍스트 의미의 가변성을 뜻한다면 텍스트(담화)의 1차적 의미인 스토리 자체가 실제 독자의 독해 과정에서 변화할 수 있기 때문이다. 이 문제는 이 책의 마지막 장에서 상론될 것이다. 오닐의 4층위 모델을 비롯하여 다양한 서사 층위론을 개관하고 있는 연구로 이민용(2014)을 참고할 수 있다.

18) "나는 지금 열두 달 전 이 시간보다 1년 더 나이를 먹게 되었고, 여러분도 보다시피 제4권 중반부에 거의 도달했는데도—내 생의 첫째 날까지밖에 가지 못했습니다.—내가 처음 글쓰기를 시작했을 때보다 364일이나 더 많은 날들이 쓸 거리로 쌓여 있는 셈이지요. 나는 보통 작가들처럼 글을 쓰면서 앞으로 나아가는 대신에—반대로 몇 권 분량만큼 뒤로 던져진 셈이고—만약 내 인생의 매일매일이 오늘처럼 이렇게 분주하다면—그러지 말란 법도 없지 않습니까?—게다가 내 인생에서 일어난 일들과 그에 대한 내 의견이 이처럼 많은 묘사를 필요로 한다면—간단히 잘라 버릴 이유가 뭐가 있겠습니까?"(스턴 2012, 365)

행위 또는 그가 겪는 사건으로서 내러티브가 전달하는 스토리의 일부를 이룬다.(Genette 1994, 15) 즉 모험에 관한 내레이션 자체가 오디세우스가 귀향 도중에 겪는 연속적 모험의 과정 속에 삽입되어 있는 것이다. 알키노스 왕은 그 이야기를 듣고 나서 오디세우스에게 많은 보물을 선사하고 고향 이타카로 보내준다. 여기서 내레이션은 그것 자체가 스토리의 한 계기가 되면서 내러티브 생산 행위 이상의 의미를 지니게 된다.

이 점이 더욱 뚜렷이 드러나는 것은 『천일야화』에서다. 『천일야화』는 셰에라자드가 샤 리아르에게 들려주는 여러 편의 이야기 모음집이다. 셰에라자드의 내레이션의 목적은 물론 일차적으로 이야기를 생산하여 청자에게 전달하는 데 있다. 그것이 모든 내레이션의 내재적 목적이다. 그러나 그녀의 내레이션은 그것을 통해 생산되는 각각의 이야기 담화를 넘어서는 맥락 속에서 의미를 지닌다. 샤 리야르는 왕비의 배신을 경험한 뒤 세상 모든 여자에 대한 복수심에 빠진 나머지 새로 신부를 맞아 들이고 다음 날 처형하는 잔혹 행위를 반복한다. 그 비극적 운명의 차례가 셰에라자드에게 돌아왔을 때 그녀는 잠자리에서 왕에게 흥미로운 이야기를 계속 들려주며 처형을 지연시킨다. 잔혹한 복수극의 맥락에서 볼 때 그녀의 이야기 행위는 죽음의 위기에서 스스로를 구원하는 꾀로 기능한다. 그녀가 하는 수많은 이야기는 모두 생명을 지켜주는 영약이 된다. 천일 밤이 그렇게 지나가고 샤 리야르도 마침내 복수심에서 해방된다. 그런 의미에서 셰에라자드의 내레이션은 샤 리야

르를 치유하는 행위이기도 하다.[19]

　세에라자드는 한편으로 내레이션을 통해 담화를 생산하고 스토리를 전달하지만, 다른 한편으로 그녀의 내레이션 자체가 어떤 화자의 목소리를 통해 전달되는 스토리 속의 핵심적 사건이 된다. 따라서 우리는 세에라자드의 내레이션에 두 가지 방식으로 접근할 수 있다. 하나는 이야기 담화의 분석을 통해 내레이션의 성격을 파악하는 방식(담화 분석에서 서사 작업의 특징을 도출하는 방식)이고 다른 하나는 세에라자드의 이야기 행위에 관해 이야기하는 담화(『천일야화』 화자의 담화)를 분석함으로써 그녀의 내레이션이 가지는 의미를 고찰하는 방식이다. 전자가 모든 이야기에 적용 가능한 내레이션(서사 작업) 연구의 방식이라면, 후자는 어떤 스토리를 이야기

19) 이러한 이야기 행위의 의미와 관련하여 오스틴의 화행론을 떠올릴 수 있다. 그의 저서 제목("어떻게 말로 일을 하는가(How to Do Things with Words)")이 말해주는 것처럼 오스틴에게 언어 행위는 단순히 말을 만들어내는 행위, 즉 의미 구성과 조음, 통사적 처리를 통해 진술을 만들어내는 발화 행위(locutionary act)에 국한되지 않는다. 언어 행위는 기본적으로 모두 발화 행위이지만, 그 외에도 약속의 발언이나 선언처럼 발화 자체가 일정한 언어적, 사회적 규약에 따라 사회적 행위가 되는 발화 수반 행위(illocutionary act), 그리고 (어떤 사실을 적시함으로써 상대방을 도발하는 것처럼) 발화를 통해 어떤 추가적인 목표를 노리는 발화 매개 행위(perlocutionary act) 역시 언어 행위의 한 종류로 볼 수 있다.(Austin 1962, 94-107) 이에 근거하여 주네트가 말하는 내레이션에서도 순수한 서사 행위(슈미트가 말하는 '서사 작업')의 측면과 서사를 매개로 하는 행위(이야기를 함으로써 목숨을 구하는 행위)의 측면을 구분해볼 수 있을 것이다. 이른바 '3인칭 형식의 전지적 화자' 혹은 무소적(無所的) 화자의 이야기 행위는 순수한 서사 행위 이상의 의미를 갖지 않는다고 할 수 있다.(무소적 화자의 개념에 대해서는 김태환 2016, 66-71 참조)

하는 행위 자체가 다시 스토리 속의 행위로서 서술 대상이 되는 이야기, 그리하여 스토리 속에 또 다른 스토리가 들어 있는 중층적 구성의 이야기에서만 가능한 방식이다. 예를 들어서 카프카의 『변신』처럼 이야기하는 주체나 내레이션이 이루어지는 정황에 관해 어떤 정보도 주어지지 않는 경우에 후자의 방식으로 내레이션의 문제를 고찰하는 것은 불가능하고 무의미하다.

담화: 스토리의 코드화

이제 우리는 굴곡 많은 복잡한 길을 돌아서 스토리/담화라는 익숙한 이원적 층위 모델로 돌아왔다. 이제 스토리를 층위 개념으로서 고찰한다는 이 장의 목표는 스토리를 담화 층위와의 관계에서 규정하는 작업으로 구체화된다.

전통적인 논의에서 스토리와 담화라는 이야기의 두 층위 사이의 관계를 살펴본다는 것은 흔히 스토리를 기준으로 하여 담화 층위에서 어떤 변형이, 혹은 얼마나 큰 변형이 일어났는가를 조사하는 것을 의미한다. 스토리의 시간과 담화의 시간은 어떻게 다른지, 스토리의 순서가 담화의 층위에서 어떻게 변형되는지 등이 이와 관련하여 제기되는 주요 질문이었다. 여기에는 슈클로프스키의 가공 구성의 모델 혹은 슈제트 중심주의적 이념이 암암리에 작용하고 있다고 생각된다. 파불라는 비예술적인 것이며 파불라의 더 큰 변형이 슈제트를 더 돋보이게 하고 예술적으로 만들 것이라는 이념 말이다.

하지만 스토리를 이야기라는 계층 구조 속의 한 층위로서 이해하기 위해서는 스토리와 담화의 불일치에 대해 묻기보다는 우선 스토리가 이야기의 계층 구조의 나머지 한 층위인 담화와 어떻게 연계되어 있는지를 물어야 한다. 스토리는 어떻게 담화와 짝을 이루는가?

모든 기호적·언어적 구성물이 그러하듯이 이야기 담화는 일정한 메시지를 코드화된 형태로 지니고 있다. 그 메시지가 곧 스토리다. 화자는 사건과 그 사건이 일어난 세계에 관하여 자기가 알고 생각하는 바를 담화로 코드화하여 독자에게 전달하고자 한다. 다시 말해서 화자가 담화로 코드화되기 이전에 의식 속에 가지고 있는 내용, 궁극적으로 담화를 통해 전달되어 독자의 의식에 '이식'될 내용이 스토리인 것이다. 화자는 코드화라고 부를 수 있는 서사 작업을 통해 스토리와 담화 사이에 연계 관계를 수립한다.

스토리가 코드화되어 담화로 변환되면, 스토리와 담화는 코드를 매개로 연계되어 표면 층위에 담화가, 심층에 스토리가 놓여 있는 이원적 계층 구조가 만들어진다. 그런데 그렇게 구성된 이야기가 독자를 만나면 코드화와는 반대 방향의 과정이 시작된다. 독자는 코드 해독 작업을 통해 담화의 심층에 묻힌 스토리를 밖으로 끌어낸다. 즉 담화는 스토리로 역변환된다. 이는 우리가 소설책을 읽을 때나, 영화를 볼 때나 늘 일어나는 일이다.

여기서 한 가지 유의할 점이 있다. 스토리/담화의 코드화나 해독 과정을 이를테면 암호문의 코드화나 해독 과정과 동일한 것으로 생각해서는 안 된다는 것이다. 암호문의 경우 전달되어야 할 메시지는 일정한 암호 코드에 따라 암호문으로 변환되며, 암호문은 암호 코드를 아는 자의 해독 작업을 통해 본래의 메시지로 역변환된다. 이때 암호문과 메시지 사이에는 엄격한 대응 관계가 성립한다. 일정한 암호 코드 체계 안에서 메시지 A는 그에 상응하는 암호문으로 변환되고 이를 정확히 해독하면 본래의 메시지 A가 완벽하게 복원된다. 메시지 A는 오직 주어진 그 암호문으로만 코드화되고 그 암호문을 통해서만 생성된다. 암호문과 메시지는 빈틈없이 호환되며 서로 불가분의 관계로 결합되어 있다.

반면 담화와 스토리의 관계는 그런 정도로 긴밀하지는 않다. 화자가 스토리를 일정한 코드화를 통해 담화로 변환하면 독자 쪽에서는 해독 작업을 통해 담화를 스토리로 역변환한다. 여기까지는 암호문의 코드화 및 해독 과정과 크게 다르지 않다. 하지만 애초에 스토리를 담화로 변환하는 데 사용되는 코드는 암호 코드만큼 기계적이고 정밀한 체계가 아니어서 코드화 작업을 하는 주체에게 상당한 선택의 자유와 창조성을 허용한다. 스토리는 다양한 코드화를 허용하며 다양한 담화로 변환될 수 있다. 그런 만큼 스토리와 담화는 느슨하게 결합되어 있다. 따라서 담화에 코드화된 상태로 내포되어 있던 스토리가 해독되어 독자의 의식에 전해지는 순간 스토리는 자신을 품고 있던 담화에서 해방된다. 여기서 해방이란 어떤 의미인가?

일단 독자가 담화를 해독하고 있는 동안에는 스토리는 전적으로 담화에 기생하고 있는 것으로 보인다. 담화는 스토리를 생성하고 담화가 가는 방향대로 스토리도 흘러간다. 모든 것이 담화에 달려 있기 때문에 독자는 화자의 마지막 말까지 주의 깊게 듣고 있지 않으면 안 된다. 그러나 화자의 마지막 말이 끝나고 독자가 스토리를 다 해독하고 나면, 스토리는 자신을 낳은 담화에 대해 독립적인 대상과 같은 특성을 나타내기 시작한다. 스토리는 담화의 탯줄을 끊고 담화의 바깥으로 나와버린다. 독자는 이제 스토리가 오직 그 담화에 필연적으로 묶여 그것을 통해서만 전달될 수 있는 것이 아니었음을 깨닫는다. 담화는 그 스토리를 이야기할 수 있는 다양한 가능성 가운데 하나일 뿐이다.

이때 스토리를 전달하는 담화의 특수성은 담화와 스토리의 비교를 통해서, 또는 문제되는 담화의 스토리 전달 방식을 동일한 스토리를 전달하는 다른 담화의 방식과 비교함으로써 규명할 수 있다. 토도로프가 스토리에 관해 설명하면서 든 예에서 볼 수 있듯이 소설적 담화의 특이성은 이를 경찰관의 수사 보고서의 담화 형식과 비교함으로써 어느 정도 드러난다.

코드화를 통해 수립되는 스토리와 담화 사이의 연계 관계에는 여러 측면이 있다. 가장 쉽게 떠올릴 수 있는 것은 언어적 코드화다. 예컨대 이 책 앞부분에서 제시한 이솝우화 「개미와 베짱이」는 한국어로 코드화된 담화로 스토리를 전달한다. 스토리-담화 관계의 또 다른 중요한 측면은 물론 토마셰프스키가 슈제트의 본질로 규정한 '작품상의 사건 배열', 혹은 슈미트가 말한 단선화 및 도치(스토리를 내러티브로 변환시키는 서사 작업)의 문제다. 여기서는 바로 이 두 번째 측면에 주목하여 위에서 설명한 스토리와 담화 사이의 느슨한 코드적 연계 관계가 사건 배열의 문제와 관련하여 어떻게 나타나는지를 살펴보고자 한다.

이미 말한 바처럼 스토리와 담화 사이의 느슨한 연계 관계로 인해 화자는 코드화 과정에서 일정한 선택의 자유를 누리고 독자는 코드 해독 과정에서 스토리를 담화에서 해방시키는데, 이러한 특성은 사건 배열과 순서의 측면에서도 그대로 확인된다.

여기서 코드화에 해당하는 것은 사건의 순서를 담화의 순서로 변환하는 작업이다. 토마셰프스키가 말하듯이 작품의 순서, 즉 작품이 독자에게 사건에 관해 알려주는 순서는 사건의 시간적-인과적 순서에 묶여 있지 않다. 이는 화자가 사건의 순서를 담화의 순서로 변환할 때 일정한 선택의 자유를 누린다는 것을 의미한다.

이어서 해독의 과정을 생각해보자. 독자는 담화 속의 여러 정보를 담화 자체에 배열된 순서에 따라서 받아들인다. 이와 함께 독자의 의식 속에서는 그 정보들이 결합되면서 점차 전체적인 스토리가 완성되어가며 그 과정에서 담화의 순서는 사건의 순서, 스토리의 순서로 역변환된다. 이처럼 독자는 담화가 정한 순서대로 인식의 과정을 밟아가고, 그 과정 덕분에 결국 스토리 전체를 이해하여 스토리 속 사건들 자체의 시간적 순서나 인과적 순서를 알 수 있게 되지만, 그렇게 해독 작업을 마치고 난 다음에는 담화가 제시한 순서대로 이야기해야만 같은 스토리가 전달될 수 있는 것은 아니었음을 깨닫는다. 심지어 독자는 사건의 순서는 기억하면서도 자신이 어떤 과정을 거쳐서 그 전체 스토리를 알게 되었는지조차 망각해버릴 수 있고, 스스로 그 이야기를 다른 사람에게 해야 할 입장이 될 때에는 자신이 들은 순서와 전혀 다른 순서로 이야기하게 될 수도 있다. 스토리의 순서는 담화의 순서에서 자립한다.

　　이처럼 사건 배열의 측면에서 스토리와 담화의 관계는 느슨한 코드적 연계 관계의 기본적 특성을 잘 보여준다. 그러나 그 느슨함이 아무런 한계도 없는 자유를 의미한다면, 스토리의 순서와 담화의 순서, 파불라의 순서와 슈제트의 순서 사이의 관계를 코드적 관계로 이해하는 관점 자체가 의심스러워질 수 있다. 파불라와 슈제트의 구별을 확립한 슈클로프스키와 토마셰프스키는 무엇보다도 슈제트의 순서가 파불라의 순서에 묶여 있지 않다는 점을 강조한다. 슈클로프스키는 로렌스 스턴의 『트리스트럼 샌디』 같은 실험적 소설에서 볼 수 있는 슈제트의 카오스적인 순서를 찬양하고(Šklovskij 1994, 247), 토마셰프스키는 파불라의 순서와 슈제트의 순서가 서로에 대해 독립적이라는 점에서 양자를 구별해야 할 근거를 찾는다. 두 층위의 순서가 이처럼 서로 무관한 것이라면 파불라의 순서와 슈제트의 순서, 스토리의 순서와 담화의 순서가 코드적 변환 관계에 있다는 명제는 애초에 성립할 수 없는 것이 아니겠는가?

　　이 질문에 대해서는 일단 다음과 같은 답변이 가능하다. 느슨한 코드화가 일정한 선택의 자유를 열어두는 것이라고는 해도, 그 바탕에 알아볼 수 있는 어떤 규칙이 존재하지 않는다면, 독자는 담

화의 순서를 따라가면서 이를 다시 스토리의 순서로 역변환하는
데 커다란 난관에 부딪힐 것이다. 담화의 순서는 스토리의 순서를
상당히 자유롭게 변형시킬 수 있지만, 그 자유는 독자의 해독 가
능성이라는 조건, 즉 독자가 스토리의 순서를 재구성하여 스토리
를 온전히 이해할 수 있어야 한다는 조건 안에서의 자유일 뿐이다.
따라서 스토리의 이해 가능성 자체를 파괴하려 하는 실험적 소설
을 논외로 한다면, 스토리의 순서와 담화의 순서는 해독 가능한 코
드적 관계로 연계되어 있기 마련이다. 다음 절에서는 스토리-담화
변환에서 독해 가능성을 고려한 체계적 코드화가 어떤 양상으로
나타나는지에 관해 다선적 스토리의 단선화라는 문제를 중심으로
살펴볼 것이다.

다선적 스토리와 단선적 담화

인간은 대체로 한 순간에 한 가지에만 주의를 기울일 수 있고 새로운 정보도 한 가지씩만 받아들일 수 있다. 그래서 어떤 복합적인 상황을 이해하기 위해서는 상당한 시간을 소요하며 순차적 과정을 거쳐야만 하는 것이다. 인간의 언어가 일정한 시간적 순서를 가진 음절, 단어, 문장의 열이라는 형태를 취하는 것도 이러한 인간의 정신적 조건 때문이며, 이야기 담화 역시―그 매체가 언어적인 것이든 비언어적인 것이든―같은 이유에서 단선적이다.

반면 스토리의 구조는 그렇지 않다. 토도로프는 다음과 같이 말한다.

이야기에서 시간 재현의 문제는 스토리의 시간 구조와 담화의 시간 구조의 차이에서 연유한다. 담화의 시간은 어떤 의미에서 단선적 시간인 데 반해, 스토리의 시간은 다차원적이다. 스토리에서는 다수의 사건이 동시에 전개될 수 있지만, 담화는 이들을 하나씩 차례로 배열해야만 한다. 복합적인 형태가 하나의 직선에 투사되어 나타난다.

_Todorov 1966, 139[20)]

    슈미트가 스토리를 담화(슈미트 자신의 용어를 사용한다면 '내러티브')로 변환하는 서사 작업으로서 단선화와 도치를 꼽는다면, 위의 인용문은 그 두 가지 작업 중에서도 단선화가 더욱 근본적이고 필수적인 것임을 시사한다. 순서와 배열의 측면에서 스토리-담화 변환의 문제는 대체로 스토리 속 사건들의 선후 관계를 담화상에 그대로 반영할 것인가 아니면 그 순서를 변경할 것인가의 문제로만 이해되어왔다. 하지만 토도로프는 스토리와 담화 사이의 구조적 차이에 주목한다. 이 차이 때문에 스토리를 담화로 코드화하는 화자가 우선적으로 직면하는 문제는 어떻게 스토리의 다선적 구조를 담화의 단선적 구조로 변환하는가 하는 것이다.

    그림 형제의 동화 「백설공주」를 예로 이 점을 더 구체적으로 생각해보자. 사악한 왕비의 질투로 쫓겨난 백설공주가 경험하는 숲속의 일과 왕궁에서 왕비에게 일어나는 일은 나란히 동시적으로 진행되지만 담화는 사건의 두 줄기를 일직선상에 배치해야 한다. 실제 이 동화의 담화는 다음과 같은 순서로 사건의 두 줄기를 제시한다.(Brüder Grimm 1994, 298–301)

---

20) 이 인용문은 주 14번에서 이미 제시한 바 있다. 그때는 토도로프의 논문 전체의 맥락에서 볼 때 그의 입장이 모호하다는 점을 보여주는 대목으로서 인용했지만, 그 속에 표명된 토도로프의 생각 자체만 볼 때는 문제의 핵심을 더할 나위 없이 정확하게 짚어낸 것이기에 이 자리에서 다시 한번 인용한다.

1. (A1) 백설공주는 사냥꾼에게 숲으로 끌려가고 자신을 죽이려는 사냥꾼에게 살려달라고 애원한다.

2. (A2) 사냥꾼은 측은한 마음에 왕비의 명을 실행하기를 포기하고 백설공주를 놓아준다.

3. (B1) 백설공주와 헤어진 사냥꾼은 어린 사슴을 잡아서 그 허파와 간을 꺼낸다.

4. (B2) 사냥꾼은 왕비에게 사슴의 허파와 간을 증거물로 제시하며 백설공주를 죽였다고 거짓으로 보고한다.

5. (B3) 왕비는 사슴의 허파와 간을 백설공주의 것으로 믿고 요리를 하게 하여 먹어 치운다.

6. (A3) 사냥꾼이 떠나고 혼자 숲에 남겨진 백설공주는 무서움에 무작정 달려가다가 일곱 난장이의 집을 발견하게 되고 주인이 없는 빈집에 들어가 잠이 든다.

7. (A4) 다음 날 아침 깨어난 백설공주는 일곱 난장이를 만나고 그들의 집에서 집안일을 돌보며 지낼 수 있게 된다.

8. (A5) 난장이들은 광산으로 일을 나가면서 계모를 조심하라고 경고한다.

9. (B4) 왕비는 백설공주의 허파와 간을 먹었고 자신이 다시 최고 미녀의 지위를 탈환했다고 믿으면서 거울에게 누가 가장 아름다운지 묻는다.

10. (B5) 거울은 일곱 난장이와 살고 있는 백설공주가 가장 아름답다고 대답한다.

* 인용자 요약; A=백설공주의 줄기, B=왕비의 줄기

물론 이것이 단선화의 유일한 방법은 아니다. 스토리의 단선화 작업은 이 외에도 얼마든지 다른 방식으로 이루어질 수 있을 것이다.

그러나 우리가 만일 이렇게 두 줄기로 나란히 진행되는 스토리를 청중 앞에서 조리 있게 이야기해야 하는 입장이 된다면 단선화의 다양한 가능성 앞에서 자유로움을 만끽하기보다는 뭔가 까다로운 과제에 직면했을 때와 같은 당혹감을 느끼게 될 것이다. 스토리의 여러 줄기를 어떤 순서로 교차시켜야 독자에게 혼란을 주지 않을 수 있을까? 백설공주와 사냥꾼은 숲속에 함께 있다가 헤어져 각자의 길을 간다. 사냥꾼이 왕비에게 거짓 보고를 하러 가는 동안 백설공주는 우연히 일곱 난장이의 집을 향해 간다. 이때 누구의 행방을 먼저 이야기할 것인가?

우리가 솜씨 있는 이야기꾼이 되고자 한다면 이런 질문에 직면하고 그것에 적절한 해답을 제공해줄 어떤 원리나 규칙을 찾으려 할 것이다. 이때 무엇보다도 중요한 점은 화자의 단선화 작업이 독자의 다선화 작업을 예상하며 이루어져야 한다는 것이다. 코드는 해독되기 위해 존재하며 단선화된 담화는 다시 다선적인 스토리로 복원되기를 기다린다. 단선화가 스토리의 코드화에서 가장 기본적인 작업이라면, 다선화는 담화의 독해에서 그에 상응하는 의미를 지닌다. 화자가 어떻게 스토리를 단선화하느냐에 따라 독자가 어떻게 단선적 담화에서 다선적 스토리의 구조를 복원해내느냐가 결정된다.

단선화와 다선화의 메커니즘을 더욱 직관적으로 이해하고자 한다면 이야기를 회화繪畵와 비교해볼 필요가 있다. 동시적으로 전개되는 스토리의 다선적 과정을 단선적으로 정렬해야 하는 화자의 과제는 3차원의 공간을 2차원의 화폭 위에 재현해내야 하는 화가의 과제와 유사하다. 이러한 유비 관계는 담화를 독해하는 독자와 그림의 감상자 사이에도 성립한다. 독자가 단선적인 담화에서 다선적인 스토리의 구조를 복원해내는 것은 그림의 감상자가 2차원적 이미지를 보고 3차원적 공간의 환영을 떠올리는 것과 같다.[21]

---

21) 오해를 피하기 위해 3차원적 공간과 그 속의 대상을 회화적으로 재현하는 것에 대해 추가적인 설명이 필요할 것 같다. 엄밀히 말하면 그림이 재현하는 것은 대상 자체가 아니고 화가가 본 대로의 대상, 혹은 대상의 지각을 통해 화가의 의식 속에 형성된 인상이다. 화가는 대상에 관한 주관적 인상을 코드화하여 그림 속에 담고 감상자는 그림을 독해하여 그 인상을 재구성해낸다. 대

그림이 감상자에게 불러일으키는 환영의 효과는 무엇보다도 화가가 어떻게 3차원적인 것을 2차원적 이미지로 변환하는가에 달려 있다. 일단은 3차원에서 2차원으로의 변환 코드가 일관되고 체계적일수록 감상자가 수행하는 해독 작업도 용이하게 이루어지고 이에 따라 환영의 효과도 강화되리라고 가정해볼 수 있다. 이러한 가정이 타당하다면, 스토리가 담화로 변환될 때 담화가 전달하는 정보의 순서를 정하는 데도 역시 그런 일관되고 체계적인 원리와 규칙이 필요하다고 말할 수 있을 것이다. 만일 어떤 인식 가능한 원리 없이 화자의 완전한 자의에 따라 정보들이 뒤죽박죽으로 제공된다면 독자는 혼란에 빠진 나머지 이를 조합하여 스토리를 재구성하는 데 어려움을 겪을 것이다.

담화의 순서, 혹은 정보의 배열을 결정하는 코드로서 가장 일반적인 것은 역시 이야기되는 사건의 시간적-인과적 순서를 따르는 미메시스적(모방적) 원리다. 서로 인과적 연쇄를 이루는 일들을

상, 인상, 그림은 이야기에서 사태, 스토리, 담화에 대응된다. 인상으로서의 인간은 실제 3차원 공간 속에 존재하는 입체적 대상은 아니지만 그렇다고 그림과 같이 완전히 평면화된 이미지도 아니다. 그것은 대상의 정신화된 이미지로서 여전히 3차원적인 것, 입체적인 것의 감각을 보존하고 있다. 화자가 코드화된 형태로 독자에게 전달하는 스토리도 그렇게 이해할 수 있다. 스토리는 이야기 바깥에 있는 사건 자체, 즉 사태에 대한 화자의 주관적 인상이며, 그 인상은 코드화되어 담화로 변환되고 담화의 독해 과정을 통해 독자에게 전달된다. 스토리는 사태의 정신화된 이미지이다. 마치 그림 이전에 화가가 대상에 대하여 가지고 있는 주관적 인상과 그림을 통해 감상자의 의식에 나타나는 대상의 환영이 대상 자체의 3차원성에 대한 감각을 포함하듯이, 스토리에도 사태의 복합적이고 다선적인 구조가 반영된다. 그것이 단선적 구조로 환원되는 것은 스토리의 담화로의 변환을 통해서다.

연속적으로 제시하되, 그중 먼저 일어난 일, 선행하는 원인을 먼저 이야기하고 나중에 일어난 일, 혹은 후속 결과를 나중에 이야기한 다는 것이다. 이런 방식은 사건들의 시간적 순서와 그것들 사이에 존재하는 실제적 연관성의 정도를 담화의 순서에 그대로 반영한 다는 점에서 미메시스적이며, 독자가 스토리를 직관적으로 이해 할 수 있게 해준다는 커다란 장점을 가지고 있다. 미메시스적 코드 에 따른 담화 배열법은 이런 이유에서 가장 널리 통용되어왔다.

그러나 미메시스적 코드는 앞에서 살펴본 것처럼 다선적 스 토리와 단선적 담화 사이의 구조적 차이 때문에 담화의 순서를 결 정하는 원리로서 근본적인 한계가 있다. 스토리 층위에서 동시적 으로 진행되는 다수의 사건 줄기를 미메시스적 코드에 따라 단선 적 담화로 변환하는 것은 불가능하기 때문이다. 이때는 사건의 시 간적 질서와 인과적 질서 사이에도 균열이 생긴다. 사건의 시간적 인접성을 우선적 기준으로 하여 담화상에 배치할 경우 인과적 연 관성이 흐트러지고, 인과적 계열을 연속적으로 배치할 경우 필연 적으로 먼저 일어난 사건이 뒤로 밀려날 수밖에 없는 것이다. 인과 적 순서를 지키려면 시간적 순서에서 벗어나게 되고 시간적 순서 를 지키려면 인과적 연관 관계가 불분명해진다.

위에서 예로 제시한 「백설공주」의 담화는 동시적으로 진행되 는 두 줄기를 배열할 때 시간 순서와 인과적 순서 사이에서 발생하 는 딜레마를 절충적인 방식으로 해결한다. 이 동화에서 화자는 백 설공주를 중심으로 하는 사건의 줄기 A와 왕비를 중심으로 하는 사건의 줄기 B를 교차 편집한다. 즉 백설공주가 사냥꾼에게 끌려 갔다가 풀려나기까지 과정을 먼저 제시하고, 이어서 사냥꾼이 숲에서 왕궁으로 가서 여왕에게 거짓 보고하는 장면을 보여주고, 다음으로 숲속에 혼자 남겨진 백설공주가 일곱 난쟁이의 집에 정착하는 과정을 이야기하고, 이어서 사냥꾼이 왕궁으로 가서 여왕에게 거짓 보고하는 장면을 보여주고, 다음으로 숲속에 혼자 남겨진 백설공주가 일곱 난쟁이의 집에 정착하는 과정을 이야기하고, 마지막으로 왕비와 거울의 대화 장면을 보여주는 것이다. 만일 화자가 인과적 연속성을 전적으로 우선시했다면, 백설공주가 사냥꾼에게 숲으로 끌려갔다가 일곱 난장이의 집에서 살게 된 것까지를 먼저 다 이야기한 다음, 다시 사냥꾼이 백설공주를 풀어준 장면으로 돌아가 그가 어린 사슴을 잡아 그 허파와 간을 들고 왕궁에 가서 왕비에게 거짓 보고를 한 일, 그 말에 안심하고 있던 왕비가 일정 시간이 지나 불안감을 달래기 위해 거울에게 질문을 던졌다가 백설공주의 생존 사실을 발견한 일을 차례로 서술했을 것이다. 어떤 경우든 담화가 스토리의 한 줄기에서 다른 줄기로 이동하면서 시간적인 역전이 발생할 수밖에 없고[22] 담화의 순차적이고 단선

---

22) 동화의 화자는 교차편집 방식을 취하면서 사냥꾼이 백설공주를 풀어준 뒤에 왕궁으로 가서 왕비를 안심시킨 일까지 다 이야기한 다음에 다시 숲에 막 혼자가 된 백설공주에게 돌아온다. 반면 우리가 하나의 가능성으로 제시한 것, 즉 인과적 연속성의 측면을 강조한 방식에서는 백설공주가 난장이의 집에 정착하는 것까지 이야기된 다음에 비로소 다시 숲속에 백설공주를 남겨두고 왕궁으로 향하는 사냥꾼에게로 돌아간다.

적인 시간 구조와 스토리의 평행적이고 다선적인 구조 사이의
모순이 화자의 자의적 선택에 따라 임시변통으로 해결되었다는
인상을 남기게 된다.

변환 코드로서의 시점

　　그렇다면 다선적 스토리의 구조를 단선적 담화를 통해 표현하는 더 자연스러운 방법은 없을까? 담화의 순서를 단 하나의 원리로 완전히 정당화하는 것이 가능할까? 이 맥락에서 다시 한번 회화가 3차원 공간을 2차원 평면으로 나타낼 수밖에 없다는 제약 조건과 어떻게 대결해왔는지를 참고할 필요가 있다.

　　회화에서 이 문제에 대한 만족스러운 해결책은 인간의 시지각 과정 안에 이미 3차원 공간을 망막이라는 2차원 평면에 투사하는 메커니즘이 포함되어 있다는 깨달음에서 나온다. 시지각을 통해 망막에 투사된 대상의 평면적 이미지는 우리의 뇌 속에서 공간적인 것으로 재해석된다. 이러한 재해석 작업은 대단히 빠르게, 무의식적으로 이루어지기 때문에, 우리는 3차원 공간 속의 대상을 직접 보고 있다고 착각한다.

　　이처럼 신속한 공간적 재해석이 가능한 것은 대상이 망막에 투사될 때 3차원에서 2차원으로의 변환 과정이 일정한 수학적 법칙에 따라 일어나기 때문이다. 우리의 뇌는 바로 그 법칙에 의거하여 역연산 작업을 실행하고, 이로써 2차원적 이미지를 3차원적인 것으로 복원하는 것이다. 이를테면 우리에게서 멀리 떨어진 대상은 망막에의 투사 과정에서 크기가 축소되는데, 우리는 평면적 이미지의 크기와 원 대상의 크기 사이의 차이를 가늠하고 이를 공간적 거리로 환산하여 우리에게서 멀리 떨어진 대상으로 지각한다.

이를 더 일반화해서 설명하면 다음과 같다. 동일한 대상도 관찰자가 어느 지점에 있느냐에 따라 그 모양과 크기가 변화한다. 이에 따라 정사각형은 사다리꼴이 되고 같은 크기의 물체들이 크기가 서로 다른 물체로 보이는 등, 이미지의 주관적 왜곡이 발생한다. 관찰자의 위치가 왜곡의 정도와 양상을 규정하기에 이러한 주관적 왜곡을 시점화라고 명명할 수 있다. 일단 망막에 대상의 이미지가 그렇게 왜곡된 상태로 투사되면 관찰자의 뇌에서는 그 이미지에 나타난 시점화의 효과, 즉 관찰자의 우연적 위치로 인해 초래된 왜곡 효과를 역산하여 본래 대상의 3차원성을 복원하는 작업이 진행된다.

3차원적 대상을 2차원적 이미지로 환원하는 시점화는 자의적이거나 무작위적인 것이 아니라 일정한 규칙을 기반으로 하기에 코드화의 성격을 지닌다. 그러므로 3차원성의 복원은 코드화된 것을 해독하는 과정, 즉 탈코드화의 과정이며, 이는 시점화로 인한 왜곡을 해소하고 본 대상의 객관적 상에 접근하기 위한 작업이라는 의미에서 탈시점화라고 부를 수 있다.

근대 회화의 혁신을 가져온 원근법은 이미지가 인간의 눈에 비칠 때 일어나는 시점화의 원리를 활용하는 기법이다. 3차원 공간에서 2차원 평면으로의 변환을 화가의 자의에 맡기지 않고 단일한 원리에 따라 체계적으로 수행할 수 있는 길을 열어준 것이 바로 원근법이다. 원근법적 회화는 재현되는 공간에 어떤 관찰자가 함께 있다고 가정하고 그 관찰자의 눈에 비칠 시각적 이미지, 주관적으로 왜곡된 이미지를 흉내 낸다. 즉 원근법은 그림을 시점화한다. 시점화된 그림 앞에서 감상자는 그려진 세계 속에 서 있는 가정적 관찰자와 시각적 경험을 공유한다. 따라서 감상자는 스스로 그림 속 현실의 관찰자가 되며, 마치 자신이 직접 현실을 바라볼 때처럼 그림이 보여주는 평면적 이미지를 탈시점화(탈코드화)하면서 이미지의 3차원성을 '복원'한다. 오직 관찰자 한 명의 시점에 따라 주관적으로 왜곡된 이미지가 고도의 객관적 현실감을 불러일으킬 수 있는 비결은 여기에 있다. 철저한 주관화, 철저한 시점화는 시점화 코드를 해독하여 탈주관화, 탈시점화하려는 감상자의 반작용을 불러일으키기 위해 계산된 것이다.

단선적 담화를 통해 동시다발적인 스토리가 독자의 의식 속에서 환기되도록 만드는 가장 자연스럽고 직관적인 방법도 회화의 원근법적 원리와 유사하다. 마치 우리의 공간 지각 자체가 이미 2차원적 시각 이미지에서 출발하여 3차원의 환영을 만들어내는 방식으로 이루어진다는 인식에서 원근법적 회화의 원리가 도출된 것처럼, 이야기꾼들 역시 다선적 스토리를 단선적 담화로 변환하는 체계적 원리를 현실에 대한 인간의 지각, 경험 과정과 그 과정을 통해 생성되는 현실에 대한 앎 사이의 관계에서 찾아냈다.

앞에서도 말한 것처럼 인간은 지각 능력과 주의력의 한계로 인해 매순간 제한적인 양의 정보만 수용하고 처리할 수 있다. 새로운 것을 지각하고 인식하는 의식의 활동은 시간적 과정으로서 단선적인 흐름을 이룬다. 게다가 단선적으로 진행되는 지각과 경험의 과정은 개별적이고 특수하다. 무슨 말인가 하면, 지각하고 경험하는 주체가 누구이고, 어느 위치에 있느냐에 따라 지각과 경험의 과정은 다른 양상으로 진행될 수밖에 없다는 것이다. 특히 우리가 무엇을 어떤 순서에 따라 보고 듣고 경험하느냐는 우리 자신의 동선動線에 크게 좌우되는바, 지각과 경험 과정의 개별적 특수성은 이것만으로도 충분히 입증된다. 동선만큼 개인적인 것도 또 없기 때문이다. 우리는 삶 속에서 어떤 타인과도 동일한 동선을 공유할 수 없고, 그래서 어떤 타인과도 지각과 경험의 과정을 완벽하게 함께할 수 없다. 이런 사정에도 불구하고 우리가 복잡한 현실에 대해 어느 정도 종합적이고도 객관적인 이해에 도달할 수 있는 것은 우리 자신이 우리의 특수한 위치에서 순차적으로 수용되는 정보들을 의식의 저장소 안에 축적해가면서 이들을 사실적 관계에 따라 평가하고 그 평가를 바탕으로 재해석하고 재배치하는 작업을 부단히 수행하기 때문이다. 그러한 작업을 통해 구성되는 것이 바로 스토리다. 우리는 스토리를 구성하면서 우리 자신의 특수한 위치와 동선에 강하게 영향받는 지각과 경험의 과정을 탈시점화한다. 마치 우리의 시지각이 망막에 투사된 대상의 주관적 왜상歪像을 탈시점화하여 대상 자체에 좀 더 가까운 이미지를 만들어내는 것처럼 말이다. 현실 혹은 사태에 관한 인식으로서의 스토리는 지각과 경험 과정의 결과이지만, 그 결과 속에서 지각과 경험 과정의 시점적 특성은 최대한 소거된다.[23]

망막에 투사된 2차원적 이미지를 경유한 대상의 이미지 형성과 현실에 대한 제한적이고 단선적인 지각과 경험 과정을 통한 스토리 구성 사이의 이러한 유사성에서 원근법적인 담화 구성의 원리가 나온다. 2차원적인 그림이 대상에 대한 3차원적 이미지보다 망막에 투사된 이미지를 더 잘 재현할 수 있는 것처럼, 단선적 구조의 담화 역시 다선적이고 복합적인 스토리보다는 그러한 스토리에 관한 앎에 도달하기까지 시간 축을 따라 단선적으로 진행되는 지각과 경험의 연속을 재현하는 데 더 적합하다. 그래서 화자가 스토리를 담화로 변환하기 위해 단선화 작업을 할 때 그 기준으로 사건 자체가 일어난 시간적 순서 대신 스토리 속에 등장하는 등장인물의 지각과 경험 과정을 택한다면, 적어도 어떤 순서로 이야기할 것인가 하는 문제는 거의 완전히 해결된다. 이때 화자가 독자에게 정보를 제공하는 순서는 인물이 세계를 지각하고 인식하는 시간적 순서와 거의 그대로 일치할 것이다.[24] 따라서 독자는 그 인물

23) 이러한 인식은 '시점 없이 스토리 없다'라는 슈미트의 명제와 배치되는 것처럼 보인다. 그러나 지각 및 경험 과정의 탈시점화 이후에도 스토리의 주관성, 스토리의 '시점적' 성격은 완전히 사라지지 않는다. 이에 대해서는 이 책의 마지막 장에서 상론할 것이다.

24) 여기서 '거의'라고 말하는 것은 언어적인 담화가 한 번에 제공할 수 있는 정

과 유사한 방식으로 사태에 관해 알아가게 될 것이고, 그 인물처럼 종국에 가서야 복잡한 스토리의 구조를 전체적으로 파악하게 될 것이다. 마치 화폭 속 장면의 가정된 관찰자의 망막에 비칠 이미지를 재현한 그림이 그림의 감상자에게 3차원적 공간의 환영을 만들어내듯이 말이다.

19세기 말부터 현실 자체를 이야기하지 않고 한 인물의 의식 속에 투영된 주관화되고 시점화된 현실을 이야기하는 방식이 소설의 새로운 서술 기법으로 주목받고 확산되기 시작한다. 프리드리히 슈필하겐Friedrich Spielhagen, 헨리 제임스Henry James, 버지니아 울프Virginia Woolf 등의 이름이 선구적으로 이러한 기법에 관한 이론적 개념화와 성찰을 시도하고 실제로 자신의 작품에 구현한 작가로서 자주 언급되어왔다. 그러나 이야기의 중심인물이 현실을 지각하고 경험하는 과정을 담화의 순서에 반영하는 서술 방식은 그 방식이 이론적 반성의 대상이 되기 훨씬 더 전에 발명되고 활용되기 시작했다. 구전 전통의 이야기를 채록한 그림 형제의 동화 한 편을 예로 이 점을 확인해보자.

그림 형제가 엮은 동화집의 첫 번째 이야기인 「개구리 왕자」는 두 주인공, 개구리 왕자와 공주의 만남에 관한 이야기다. 그런데 두 인물 가운데 먼저 무대 위에 등장하는 것은 공주다. 화자는

보는 인간 지각이 동시적으로 수용하는 다양한 정보만큼 풍부하지 못하고, 따라서 이를 세세하게 재현하려면 다시 동시적으로 지각된 항목들 사이에 자의적으로 순서를 정해야 하는 문제가 발생하기 때문이다.

첫 문장부터 공주를 소개하고 비할 데 없는 그녀의 아름다움에 대해 이야기한다. 그러고 나서 공주가 더운 여름날 숲속 우물가에 가서 공놀이를 하곤 했다는 얘기가 이어진다. 그러던 어느날 공주에게 사고가 일어난다. 숲에서 황금공을 던지고 받다가 황금공이 우물 속에 빠진 것이다. 공주는 큰 소리로 울기 시작한다.

> 이때 누군가가 소리쳤다. "무슨 일이세요, 공주님?" 공주는 목소리가 들리는 쪽으로 고개를 돌렸다. 그러자 개구리 한 마리가 그 두툼하고 못생긴 머리를 물 바깥으로 내밀고 있는 것이 보였다.
>
> _Brüder Grimm 1993, 39

주인공의 소개에 이어 본격적으로 동화의 중심 사건이 시작되는 이 대목에서 비로소 제2의 주인공, 개구리 왕자가 등장한다. 그러나 개구리 왕자의 등장은 공주의 등장과는 아주 다른 방식을 따른다. 공주가 곧바로 공주에 대한 화자의 설명을 통해 이야기에 도입되는 데 반해(공주는 어떤 왕의 아름다운 세 딸 중의 막내이며 그중에서도 가장 아름답다), 개구리 왕자는 우선 누구인지 전혀 알 수 없는 목소리로만 모습을 드러내며, 그 목소리를 들은 공주가 그쪽으로 시선을 돌릴 때야 비로소 목소리의 주인공이 못생기고 두꺼운 머리를 가진 개구리라는 설명이 따라온다. 여기서 이 못생긴 개구리가 왕자라는 사실은 아직 이야기되지 않는다. 화자는 물론 우물에서 머리를 내밀며 공주에게 말을 건네는 개구리가 보통 개구리가 아니고 왕자라는 것을 이미 알고 있다. 알고 있기에 「개구리 왕자」 이야기를 시작한 것이다. 그런데도 이에 대해 일체 함구하고 그를 처음에는 그저 '누군가'로, 다음에는 '개구리 한 마리'로만 부르는 것은 개구리를 바라보는 공주의 시점을 취하면서 공주가 현실을 경험하는 과정을 담화의 순서에 그대로 반영하려 하기 때문이다.

그래서 화자는 계속 공주의 곁에만 머물러 있다. 공주가 숲에서 공놀이를 하면 숲의 장면을 보여주고, 공주가 물에 빠진 황금 공을 꺼내준 개구리를 배신하고 혼자 궁전으로 돌아오면 개구리와 그가 살고 있는 숲은 화자의 시야에서도 멀어진다. 우리가 개구리를 다시 볼 수 있게 되는 것은 얼마 뒤에 개구리가 뜻밖에도 공주가 머물고 있는 궁전에까지 찾아왔을 때다.

그러면 화자는 언제 개구리가 실은 왕자였음을 밝히는가? 흉측한 개구리의 접근을 어떻게든 피하려 하던 공주는 더이상 이를 피할 수 없게 되자 절망한 나머지 개구리를 벽에 내동댕이치는데, 이 순간 저주에서 풀려나 본모습으로 돌아온 왕자를 눈앞에 보게 된다. 바로 그 상황을 이야기할 때 화자도 비로소 독자에게 개구리가 왕자임을 밝힌다. 화자는 이어서 왕자가 왜 개구리가 되었는지에 대해서도 이야기하지만, 이 역시 왕자가 공주에게 그 사정을 설명해주기 때문이다.

그러자 공주는 몹시 화가 나서 개구리를 들어 올리는 대신 온

힘을 다해 벽에다 내동댕이쳤다. "이제 안식을 찾을 테지. 이 징그런 개구리 같으니!" 하지만 아래로 떨어진 것은 죽은 개구리가 아니라 아름답고 다정한 눈을 가진 살아 있는 젊은 왕자였다. 이제 왕자는 공주 아버지의 뜻에 따라 공주의 동반자이자 신랑이 되었다. 왕자가 공주에게 이야기했다. 자신은 사악한 마녀의 저주로 변신했던 것이며, 그런 자신을 우물에서 구해낼 수 있는 사람은 오직 공주뿐이었다고.

_Brüder Grimm 1993, 43

요컨대 화자는 공주가 개구리 왕자의 비밀을 알아가는 과정을 한 걸음 한 걸음 따라가면서 공주가 아는 만큼만 이야기해준다. 그래서 이야기의 독자도 공주와 같은 입장이 되어 개구리에 대해 알아가게 되는 것이다.

화자가 스토리의 시간적-인과적 순서에 따라 이야기하지 않고 한 명의 주인공이 이를 경험하는 순서대로 이야기하기 때문에 담화의 순서와 스토리의 순서 사이에 부분적인 불일치가 발생한다. 공주가 직접 겪지 않아서 뒤늦게 알게 되는 일은 담화상에서도 지체되어 나타나기 때문이다. 그래서 왕자가 마녀의 저주로 인해 겪은 고난은 왕자가 그 저주에서 해방된 뒤에야 비로소 보고된다.

왕자가 정체를 드러내면서 공주는 지금까지 빠져 있던 혼란과 착각에서 벗어난다. 공주는 자신이 직접 겪어온 주변의 현실 너머 다른 곳에서도 시간이 흐르고 있었고 그 다른 시공간 속에서 중

대한 사건이 일어나고 있었다는 것을 알게 된다. 자신의 삶과 무관하게 진행된 다른 사건의 줄기를 인식함에 따라 자신의 경험도 다르게 해석하기에 이른다. 이제 못생긴 개구리가 친구가 되어달라며 궁전까지, 심지어 공주의 방 안까지 따라 들어온 것은 주제넘은 과욕의 발로가 아니고 마녀의 저주에서 풀려나기 위한 절박한 시도였음이 드러난다.

저주받은 왕자의 삶과 공놀이를 즐기는 공주의 삶은 두 줄기로 흐르다가 황금공이 우물에 빠질 때 하나의 줄기로 합류한다. 이것은 Y자형 구조이다. 공주의 단선적 경험은 우선 Y자의 상부 한 획—그것은 왕자가 마녀의 저주로 개구리가 되어 숲속에 살게 되기까지의 과정으로 이를 임의로 좌상 획이라고 하자—을 빠뜨린 채 나머지 상부 획, 즉 우상 획에서 하부 획으로 이어지는 한 줄기 흐름을 따라간다. 그 경험의 과정이 하부 획 마지막 부분에 접근해서야 공주는 이제까지 자신이 놓치고 있던 좌상 획을 발견하고 Y자 모양의 전체 스토리를 완성한다.

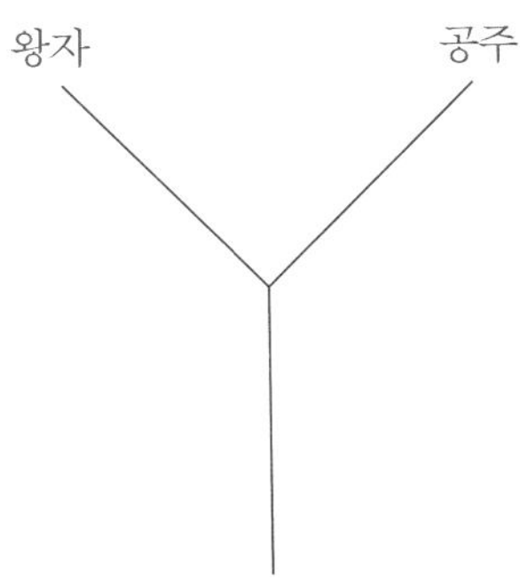

위에서 말한 것처럼 모든 인간은 이 세상을 살아가면서 다른 누구와도 같을 수 없는 고유한 위치를 점유하며 바로 그 위치가 지각과 경험의 흐름을 규정한다. 따라서 개별 주체마다 그 흐름은 모두 다를 수밖에 없다. 공주 역시 이런 의미에서 세계를 시점화된 형태로 받아들이는 인식의 주체이지만, 이와 동시에 뒤늦게 발견된 Y의 좌상 획을 제자리에 맞춤으로써 자신이 수용한 주관적 경험 내용을 탈시점화하는 주체이기도 하다. 이 과정 끝에 공주는 무지로 인한 주관적 혼란에서 벗어나 스토리 전체의 객관성에 접근한다. 이로써 공주가 아는 스토리는 왕자가 아는 스토리와 거의 일치하기에 이른다. 탈시점화의 능력이 다른 주체와 동일한 경험, 동일한 스토리의 공유를 가능하게 한다.

공주가 단선적 경험의 흐름에서 다선적 스토리의 구조를 재구성해내듯이, 「개구리 왕자」의 독자도 공주의 경험 과정에 맞추어 시점화된 담화의 진행을 따라가면서도 개구리의 정체가 밝혀지는 지점에 이르러서는 역시 마녀의 저주가 발단을 이루는 Y자 구조의 다선적 스토리를 재구성해낸다.

그런데 스토리의 구조는 담화가 더 진행되면서 더욱 복잡해진다. 왜냐하면 왕자와 공주가 결혼한 뒤에 두 사람을 왕자의 궁으로 데려갈 마차가 도착하면서 새로운 인물이 등장하기 때문이다. 그 인물은 왕자의 충직한 신하 하인리히다. 화자는 새로운 인물을 다음과 같이 소개한다.

충직한 하인리히는 주군이 개구리로 변신했을 때 너무도 비통
한 나머지 자신의 심장을 세 겹의 쇠줄로 감아두게 했다. 그래
야 괴로움과 슬픔으로 심장이 터져버리지 않을 테니 말이다.
그런데 이제 마차로 젊은 왕을 그의 왕국으로 모셔 가야 하는
것이다. 하인리히는 두 사람을 들어 마차 안에 앉힌 다음 다시
뒤에 와서 섰다. 주군이 저주에서 구원받은 데 대해 더 할 수 없
는 기쁨을 느끼며.

_Brüder Grimm 1993, 43

화자는 이야기의 마지막이 다 되어 다시 시간을 거슬러 올라
간다. 우리는 이제 왕자가 저주를 받아 개구리가 되어 궁전을 떠
난 직후에 궁전에서 어떤 일이 벌어졌는지를 알게 된다. 가슴이
터질 것 같은 비통함 때문에 심장을 쇠줄로 동여매기까지 했던
신하 하인리히가 구원받은 왕자를 만나 감격하기까지의 이야기
가 스토리에 추가된다. 그것은 왕자의 경험 과정에도, 공주의 경
험 과정에도 포함되지 않았던 새로운 줄기로서 스토리 전체의 다
선적 구조는 한층 더 복잡해진다. 추가된 줄기는 Y자 좌상 획 상의
한 점과 하부 획 끝 부분 무렵의 한 점을 연결하는 선으로 나타낼
수 있다.

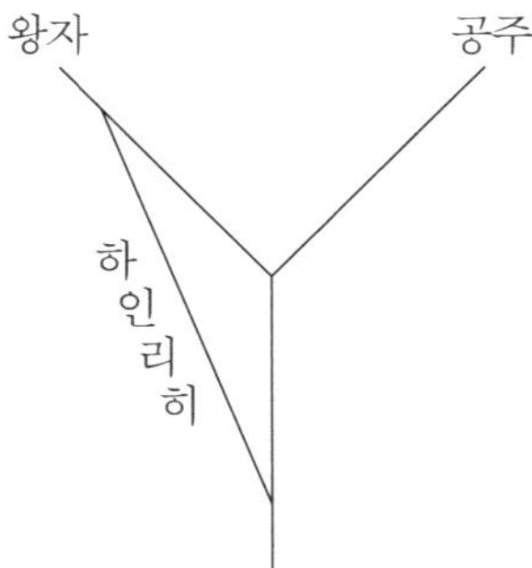

　이러한 추가 선은 마녀의 저주로 왕자와 헤어졌던 하인리히가 왕자와 공주의 결혼과 함께 두 사람이 있는 곳에 합류한다는 것을 표시한다.

　하인리히가 비통함을 견디다 못해 가슴을 세 겹의 쇠줄로 묶은 것은 왕자가 개구리로 변신한 직후의 일이지만 담화상에서는 왕자가 구원받고 공주와 결혼한 다음에야 언급된다. 왜 하인리히의 과거 사연은 이렇게 뒤늦게 이야기되는가? 그것은 물론 공주의 경험 과정이 담화의 순서를 결정한다는 대원칙과 관련이 있다. 그래서 화자는 하인리히가 공주의 눈앞에 처음으로 나타나기 전까지 그의 이야기를 꺼낼 수 없었던 것이다. 그러나 더 세부로 들어가 보면 화자가 여기서 완벽하게 주인공이 경험하여 알게 된 한도에서만 이야기하는 것은 아님이 드러난다. 화자는 하인리히의 도착을 알리면서 바로 그가 심장에 쇠줄을 세 겹이나 두르고 있다는 것을 이야기하지만, 이는 공주가 하인리히를 처음 만나자마자 그의 애통함과 쇠줄에 대한 이야기를 들었기 때문은 아니다. 공주는 아마도 그를 왕자의 하인으로 소개받았을 것이고, 그의 표정에서 왕자가 구원받아 크게 기뻐한다는 것 정도는 읽어낼 수 있었을 테지만, 하인리히의 쇠줄에 대해서까지 알 수 있는 입장은 못 된다. 왕자도 자신이 개구리가 된 뒤에 하인리히가 심장에 쇠줄을 둘렀다는 사실은 아직 알지 못하고 있다. 왕자와 공주는 마차가 왕자의 궁전을 향해 출발한 다음에야 비로소 이런 사정에 관해 듣게 된다. 왕자의 궁전으로 돌아가는 길에 마차 뒤에서 하인리히의 심장을 동여매고 있던 쇠줄이 끊어지는데, 왕자는 그 소리를 마차 부서지는 소리로 착각하여 걱정을 하고, 그제서야 하인리히는 왕자에게 자기 얘기를 들려준다.

> "하인리히, 마차가 부서지는데!"
> "아니요, 왕자님, 마차가 아니고,/ 제 심장에서 떨어지는 쇠줄이랍니다./ 너무나 아파서 심장에 두르고 있던 줄이에요.,/ 왕자님이 샘물 속에 앉아 있었을 때./ 왕자님이 개구리였을 때요."
> 또 한 번, 또 한 번 길에서 우지끈 소리가 났다. 그때마다 왕자는 마차가 부서진다고 했지만 실은 이제 주인이 구원받고 행복했기에 충직한 하인리히의 심장에서 쇠줄이 떨어져 나가는 소리였다.
>
> _Brüder Grimm 1993, 43

이처럼 왕자와 공주는 하인리히를 만나고 마차에 오른 다음 쇠줄에 대한 얘기를 듣는다. 반면 동화의 독자는 하인리히가 등장하는 그 순간에 바로 그의 심장을 동여맨 쇠줄에 대해 알게 되고 그다음에 세 사람이 마차를 타는 장면을 본다. 화자는 하인리히에 관한 한 공주의 경험 순서를 담화상에 재현하여 공주의 입장에서 시점화된 경험을 제시한다는 지금까지의 원칙에서 일탈한 셈이다. 화자는 개구리가 공주에게 처음 나타났을 때 공주가 모르는 개구리의 정체에 대해 함구한 것과 달리, 하인리히가 등장할 때는 자신이 직접 나서서 독자에게 하인리히를 소개한 것이다. 그것은 아마도 이 동화에서 하인리히의 가슴속에 감추어진 비밀이 왕자의 비밀에 비해 부차적인 의미만을 지니기 때문일 것이다. 그런 만큼 그 비밀을 드러내는 순간도 지연될 필요가 없는 것이다.[25]

우리는 이러한 하인리히의 사례를 통해, 큰 틀에서는 중심인물의 위치가 담화의 순서를 결정하지만―그래서 하인리히에 관한 이야기는 공주가 하인리히를 처음 만나는 장면에서 시작된다―그러면서도 화자가 중심인물의 시점에서 벗어나 그 인물이 아는 것 이상을 이야기하는 담화 구성 방식도 가능하다는 것을 알 수 있다.

스토리-담화의 코드화에 대한 이 장 전체의 논의를 정리해보자. 담화는 다선적이고 복합적인 사태의 구조를 정보의 단선적 배열로 환원한다. 그러하기에 담화의 순서를 사태의 순서에 완전

---

25) 중요한 세부 사항을 마지막까지 감추어두는 담화적 전략에 대한 토도로프의 논의를 상기하자(39쪽 참조).

히 일치시킨다는 것은 애초에 불가능하다. 그럼에도 불구하고 담화의 순서가 사태의 순서에서 완전히 자유롭게, 화자의 자의적 선택에 따라 정해지는 경우는 드물다. 독자가 주어진 담화의 단선적 순서에서 다선적이고 복합적인 스토리를 재구성해낼 수 있으려면 담화가 알아보고 해독할 수 있는 어떤 코드에 따라 조직화되어 있어야 한다. 그렇게 해야만 독자는 담화의 순서를 규정하는 코드를 해독하여 역으로 단선적인 담화에서 다선적인 스토리를 재구성해낼 수 있다. 그 코드의 대표적인 것이 제한적 의미의 미메시스적 코드이다. 이는 사건의 시간적-인과적 순서를 그대로 정보 배열의 순서로 변환하는 코드를 의미한다. 그러나 그것의 미메시스적 성격은 담화가 결코 다선적 구조 자체를 모방할 수 없다는 점에서 제한적이다. 「개구리 왕자」의 사례로 상세히 살펴본 것은 중심인물의 위치와 동선에 좌우되는 지각과 경험의 과정을 담화상의 정보 배열의 순서로 변환하는 코드, 즉 우리가 시점이라고 부른 코드다. 담화의 순서가 시점의 원리에 따라 코드화될 때, 담화를 수용하는 독자가 수행하는 코드 해독 작업을 탈시점화, 혹은 탈주관화라고 할 수 있다. 탈시점화를 통해 시점 주체의 인지적 과정에 맞추어진 담화의 주관적 순서는 스토리의 객관적 질서로 역변환된다.

3

담화로서의 플롯:
아리스토텔레스『시학』읽기

폴리보스 왕의 죽음: 플롯과 스토리

지금까지 스토리와 담화 사이의 근본적 차이와 양자를 연결하는 코드에 대하여 논의하였는데, 이번 장에서는 서사학과 소설 이론에서뿐만 아니라 일상적으로도 널리 사용되는 플롯 개념이 스토리와 담화의 대립 구도에서 어떤 위치에 있는지 살펴보고자 한다. 플롯은 스토리와 담화 사이를 부유하는 모호한 개념으로서 플롯의 문제에 대한 상세한 분석과 고찰은 스토리와 담화의 관계에 대한 더 진전된 이해를 가져올 것이다.

앞에서도 언급한 바 있지만 지금의 맥락에서 더욱 흥미로운 것은 스토리와 담화에 상응하는 러시아 형식주의의 파불라와 슈제트 개념이 형식주의적 이론 틀 속에서 정의되기 이전에는 사실상 비슷한 의미를 지닌 단어였다는 점이다. 실제로 러시아어 사전에서도 фабула(파불라)와 сюжет(슈제트), 이 두 단어에 대해 모두 '줄거리(러시아어-영어 사전의 경우 plot, story)'라는 뜻풀이를 제시한다. 이는 러시아 형식주의의 파불라와 슈제트 개념이 실은 줄거리 혹은 플롯의 개념에서 출발하여 분화한 것임을 시사한다. 다시 말하면, 플롯이나 줄거리 같은 개념에 이질적인 의미, 이질적인 측면이 혼재하고 있어서, 러시아 형식주의자들은 이를 구별하기 위해 그것의 한 측면에 파불라를, 다른 측면에 슈제트라는 이름을 붙여준 것이다. 플롯은 파불라적이기도 하고 슈제트적이기도 하다. 플롯은 스토리의 층위일 수도 있고 담화의 층위일 수도 있다.

플롯의 양면성은 역으로 파불라/슈제트 개념의 번역에서도 확인된다. 토마셰프스키의 논문 「주제론」의 영어 번역자들은 фабула를 스토리story로, сюжет를 플롯plot으로 옮긴다. 빅토르 얼리치 역시 『러시아 형식주의』에서 сюжет의 번역어로 플롯을 선택한다.(Erlich 1980, 240) 그러나 윌리스 마틴이 확인해주듯이 영어 단어 'plot'의 의미는 토마셰프스키가 말하는 파불라에 가깝다. "우리는 플롯이 시간적 연속과 인과관계의 결합으로 이루어진다는 것을 알고 있다."(Martin 1986, 81) 조너선 컬러도 파불라를 자연스럽게 플롯으로 이해한다. (프로이트의 임상 사례에서) "파불라는 재구성된 플롯, 즉 환자의 삶에서 일어난 사건들의 연쇄이고, 슈제트는 이 사건들이 제시된 순서, 즉 프로이트의 임상 과정에 관한 이야기다."(Culler 2002, 179)

플롯의 모호성은 이미 아리스토텔레스의 『시학』에서도 혼란의 요인이 되고 있다. 훗날 영어 'plot'으로 번역된 'μῦθος' 개념은 비극과 비극의 구성 요소를 논하는 『시학』 6장의 논의 속에서 정의되고 설명되는데, 아리스토텔레스의 플롯 개념에 들어 있는 이중 의미를 파악하기 위해서는 우선 비극 논의의 맥락을 살펴야 한다.

아리스토텔레스는 『시학』 6장 서두에서 비극을 다음과 같이 정의한다.

> 비극은 일정한 크기를 가진 고상하고 완결된 행위를 매력적으로 꾸며진 언어로 재현하는 것인데, 이때 꾸밈의 수단으로 무엇이 사용되는지는 작품의 각 부분마다 다르다. 비극은 서술에 의한 재현이 아니라 행위하는 자들에 의한 재현이며, 공포와 비탄을 불러일으키고 이를 통해 이런 감정 상태의 카타르시스를 유발하는 재현이다.
>
> _『시학』, 1449b[26]

여기서 아리스토텔레스는 비극이 행위의 재현[27]이라는 대전제하에 재현의 대상이 되는 행위의 특성, 재현의 수단, 재현의 목적 및 효과를 규정하고 있다. 이때 행위는 단순히 한 인간의 개별적인 행동을 의미하는 것이 아니라 극 중에서 인물들이 수행하는 여러 행동과 여기서 촉발되는 여러 사건의 총합을 가리키는 개념이다. 이는 특히 비극이 재현하는 행위가 '일정한 크기'를 가지고

---

26) 아리스토텔레스의 『시학』 인용은 만프레트 푸르만(Manfred Fuhrmann)이 주해한 *Aristoteles: Poetik,* Stuttgart: Reclam, 1994를 기본으로 하고, 기타 다른 번역서들을 참조하였다. 페이지 수는 임마누엘 베커(Immanuel Becker)의 아리스토텔레스 전집의 그리스어 원문 페이지.

27) 여기서는 아리스토텔레스의 용어 '미메시스'를 모방 대신 재현이라고 번역한다.

'완결된' 것이어야 한다는 규정에서 잘 드러난다. '일정한 크기'라는 규정은 다수의 개별 행동이 모여서 일정 규모를 이루어야 한다는 것, 그리고 '완결된'이라는 규정은 그 다수의 행동이 결합하여 하나의 전체를 이룬다는 것을 말한다. 오늘날 기본적으로 행위, 행동 등을 의미하는 영어의 action이나 독일어의 Handlung 같은 단어가 연극, 또는 소설의 줄거리, 플롯의 의미로 사용되기도 하는 것은 아마도 『시학』의 영향일 것이다.

행위와 플롯 개념의 긴밀한 관계는 아리스토텔레스 자신의 다음 진술에서도 드러난다. "행위의 재현은 플롯이다. 내가 여기서 플롯이라고 부르는 것은 사건들의 결합을 의미한다."(『시학』, 1450a) 그런데 이 구절은 어딘지 모순적이다. 첫 문장과 두 번째 문장이 충돌한다.

첫 문장에서 '행위'는 물론 비극에서 재현되는 '일정한 크기를 가진 고상하고 완결된 행위'를 말한다. 아리스토텔레스는 『시학』에서 거듭하여 "비극이 행위의 재현"이라고 말하는데, 이때 행위는 늘 이러한 의미로 이해되어야 한다. 그런데 위의 인용문에서는 행위의 재현을 플롯이라고 부른다. 비극도 행위의 재현이고, 플롯도 행위의 재현이라면, 플롯이란 비극 작품 자체와 동일시할 수 있거나 아니면 적어도 같은 층위에 놓을 수 있는 개념이어야 한다. 현대 서사학의 층위 모델을 가지고 다시 표현한다면, 행위는 스토리고, 플롯은 담화(작품 자체)여야 한다.

하지만 아리스토텔레스는 곧이어 플롯을 사건들의 결합으로 정의한다. '사건들의 결합'은 파불라(스토리)에 대한 토마셰프스키의 정의('서로 결합된 사건들의 전체')를 떠오르게 하며, 따라서 비극의 재현 대상, 즉 '일정한 크기를 가진 완결된 행위'와 등치시킬 수 있다. 즉 사건의 결합으로 정의된 플롯은 비극 작품 자체(담화)가 아니라 작품의 재현 대상인 행위(스토리)에 해당한다고 해야 할 것이다. 아리스토텔레스 자신도 위의 대목에서 몇 줄 지나지 않아 플롯을 비극의 재현 대상 가운데 하나로 지목함으로써 플롯이 곧 행위와 동의어라는 해석에 더 힘을 실어준다.[28]

28) 하디슨(O. B. Hardison Jr.)은 『시학』에 대한 주석에서 '사건들의 결합'도 철저하게 담화적 구성이라는 의미로 해석한다. 그리하여 플롯은 러시아 형식주의자들이 말하는 슈제트 개념, 혹은 서사학의 담화 개념과 완전히 동일한 것으로 간주된다. (아리스토텔레스의 『시학』에서) "플롯은 '사건들의 배열'로 정의된다. 우리는 모방되는 대상인 '행위'에서 방향을 돌려 플롯, 즉 행위의 예술적 객관화에 이르렀다. 플롯이 (조사처럼) 능동적인 표현으로 정의되어 있다는 것도 주목할 만하다. 플롯은 '스토리'가 아니라 시인이 스토리를 구성하는 사건들을 배열하는 방식이다. […] 극작가는 하나의 스토리 속에서 사건들을 매우 다양한 방식으로 배열할 수 있다. 그는 어떤 것은 상세하게 다루고 다른 것은 거의 다루지 않거나 아예 생략해버리기도 한다. 소포클레스가 테베에 역병이 돌기 이전에 오이디푸스에게 일어난 모든 일을 다 생략해버리듯이 말이다. 그는 시간적 순서를 지킬 수도 있고 뒤틀어 놓을 수도 있다. 그는 전령을 등장시킬 수도 있고 플래시백을 사용할 수도 있다. 등등. 배열을 바꿀 때마다 새로운 플롯이 생성되며 같은 스토리에서 아주 다양한 플롯을 만들어 낼 수 있다."(Hardison Jr. 1968, 123) 이 인용문에서 하디슨이 제안하는 스토리와 플롯의 구별은 토마셰프스키의 파불라와 슈제트의 구별에 거의 정확하게 대응한다. 하디슨은 『시학』 자체가 노정하는 모순과 애매함을 지워버리고 아리스토텔레스를 완벽한 러시아 형식주의자로 만들고 있다. 하디슨의 해석을 그대로 받아들일 수 없는 것은 『시학』 자체에 하디슨의 해석과 충돌하는 부분이 많기 때문이다(플롯을 재현 대상으로 본다든가, 행위와 동일시한다든가). 다만 이러한 주석은 아리스토텔레스가 말하는 플롯이 단순히 사건의 결합이나 스토리가 아니라 담화로서의 면모도 지닌다는 것을 환기한다는 면에

하지만 아리스토텔레스가 플롯을 이처럼 재현되는 행위라고 하면서도 다른 한편으로는 행위의 재현이라고도 정의한 것은 우연한 실수라고만 하기는 어렵다. 이와 관련하여 우선 고려해야 할 것은 아리스토텔레스가 여기서 고대 그리스의 비극이라는 장르에 대해 논하고 있다는 점이다. 연극은 배우가 직접 인물의 행동을 미메시스적으로 무대 위에서 재현함으로써 관객에게 스토리를 전달하는 장르다. 여기서 스토리와 담화의 코드화는 행위와 사건이 화자의 말로 전달되는 이야기(언어적 코드화)와는 달리 기본적으로 유사성 혹은 미메시스의 원리에 따라 이루어진다. 즉 행위가 행위로, 장면이 장면으로 재현된다. 게다가 고대 그리스 비극은 대체로

서 주목할 만하다. 시모어 채트먼 역시 자신의 저서 『스토리와 담화』에서 하디슨의 해석에 동조하면서 아리스토텔레스의 플롯 개념을 러시아 형식주의자들의 슈제트 개념에 조응하는 것으로 설명한다.(Chatman 1980, 19-20) 그렇다고 해서 서사 구조에서 스토리의 층위와 담화의 층위를 구별하는 채트먼의 이론 속에서 플롯이 담화의 층위에 귀속되는 것은 아니다. 채트먼은 플롯을 "담화화된 것으로서의 스토리(story as discoursed)"라고 말하면서 이를 스토리 층위에 관한 논의에서 다룬다. 박진은 채트먼이 말하는 플롯을 "스토리의 사건들이 담화에 의해 미적으로 전환된 상태"라고 설명한다(박진 2003, 363). 그런데도 그것이 여전히 스토리 층위의 현상으로 다루어진다는 사실은 채트먼이 생각하는 스토리와 담화 사이의 경계선이 파불라와 슈제트의 경계선, 혹은 토도로프 이래 주네트까지 이어져온 스토리와 담화의 경계선과 다소 다르게 그어져 있다는 것, 과거에 담화의 층위에 속한다고 여겨진 부분이 여기서 스토리 층위에 귀속된다는 것을 의미한다. 이 점은 주네트가 담화 층위의 현상으로 다룬 순서, 빈도, 거리 등의 문제가 채트먼의 책에서 스토리 층위에 관한 장에서 논의된다는 사실에서도 확인된다.(Chatman 1980, 63-79 참조) 반면 우리는 스토리가 미적 조형물로서 독자에게 감상의 대상이 되는 순간부터 이를 담화의 층위에 귀속된다고 본다. 그 점에서 채트먼이 말하는 플롯은 명백히 담화적 형식이다.

한 장소에서 제한된 시간 동안에 연속적으로 벌어지는 사건을 보여준다. 그래서 마치 현실에서 벌어지는 상황을 아무런 편집 없이, 스토리를 담화로 변환하기 위한 어떤 단선화나 도치의 조작도 없이 있는 그대로 보여주는 듯한 환상을 불러일으킬 수 있다. 이처럼 행위와 행위의 재현이, 스토리와 담화가 모든 면에서 미메시스적으로 연계되어 있기에 이를 구별되는 두 층위로 인식하기조차 쉽지 않다. 비극에서는 스토리의 순서가 그대로 담화의 순서가 되고, 스토리 시간과 담화의 시간이 일치하며 재현되는 행위와 재현하는 행위(연기)도 유사 관계로 단단히 결합되어 있다.

이러한 장르적 조건에도 불구하고 하디슨은 아리스토텔레스의 플롯 개념을 철저하게 담화로, 러시아 형식주의에서 말하는 슈제트로 해석하면서 예를 들어 『오이디푸스 왕』의 플롯이 스토리를 완전히 도치시키는 방식으로 구성되어 있다고 주장한다. 소포클레스는 오이디푸스의 스토리에서 앞 부분을 모두 제거해버리고, 곧바로 테베에 역병이 돌아 오이디푸스 왕이 전왕 라이오스의 살인자를 색출해야 하는 상황에서 극을 시작하기 때문이다.(주 22 참고) 이에 따라 그 이전의 일들은 인물들의 회상이나 전령의 등장을 통해 점차 드러난다.

그러나 플롯에 대한 아리스토텔레스의 상세한 설명을 보면 그가 생각하는 플롯이 이를테면 파불라의 시간적-인과적 순서를 자유롭게 변형시키는 슈제트 같은 형식주의적 개념과 간단히 동일시할 수 있는 것은 아님을 알 수 있다.

아리스토텔레스는 비극에서 사건들의 결합으로서의 플롯이
비극의 가장 중요한 요소임을 역설한 뒤에 플롯에 대해 이렇게 설
명한다.

우리는 이런 사항들[비극의 요소들]을 규정했으니 이제 사건들
의 결합이 어떤 성질을 가져야 하는지에 대해 논하고자 한다.
그것이야말로 비극에서 으뜸가는 가장 중요한 요소이기 때문
이다. 우리는 비극이 일정한 크기의 전체를 이루는 완결된 행
위의 재현임을 확인했다. […] 전체란 시작과 중간과 끝을 가진
것이다. 시작이란 그 자신은 필연적으로 다른 것에 따라오지
않으면서, 그 뒤에는 자연스럽게 다른 것이 오거나 생겨나는
성질을 지닌다. 이와 반대로 끝은 그 자신은 자연스럽게 ―필
연적으로 혹은 대체적으로― 다른 것에 따라오지만 그 뒤에는
아무것도 오지 않는 것이다. 중간은 그 자신도 다른 것 뒤에 오고,
다른 것이 뒤에 따라오게 하기도 하는 그런 것이다. 따라서 행위
가 좋은 짜임새를 갖추려면 아무 데서나 시작해서 아무 데서나
끝나서는 안 되고, 지금 언급한 기본 원칙을 충족시켜야 한다.

_『시학』, 1450b

여기서 플롯은 시간적이고 인과적인 선후 관계가 분명한 사
건들의 유한한 연쇄로 규정된다. 필연적으로 다른 것의 결과가 아
닌 어떤 일에서 시작하여 아무런 다른 결과를 낳지 않는 어떤 일에

서 끝나는 것이 플롯이다. 그리고 그사이는 앞의 일에서 필연적으로, 혹은 개연적으로 촉발된 일과 그것이 원인이 되어 나타나는 결과로 채워진다. 다시 말하면 플롯은 세 종류의 사건들, 즉 (1)오직 원인이기만 한 사건(시작)과 (2)이전 사건의 결과인 동시에 다음 사건에 대해 원인으로 작용하는 사건(중간)과 (3)오직 결과이기만 한 사건(끝)으로 이루어진 인과적 연쇄로서, 하나의 플롯 속에 결합된 사건들은 시간의 축 위에 일렬로 배열할 수 있다. 플롯은 단선적이고 유한한 연속체다.

이렇게 정의된 플롯을 스토리와 동일시할 수 있을까? 아니면 적어도 스토리 층위에 속하는 현상으로 이해할 수 있을까? 플롯의 구조를 규정하는 것이 사건들의 시간적-인과적 질서인 까닭에 일단은 이 질문에 긍정적으로 답할 수 있을 것처럼 보인다. 그러나 앞 장에서 강조한 것처럼 스토리가 그 본성상 다선적이고 복합적인 구조물이라면, 인과적 법칙에 따라 꼬리를 물고 이어지는 사건들의 단일한 연속체로 환원할 수 있는 스토리를 찾아보기는 어려울 것이다. 「개구리 왕자」처럼 단순한 동화의 스토리도 하나의 명백한 시작을 가지지 않으며 전체적으로는 세 가닥의 줄기가 하나로 합류하는 양상을 보인다. 『신데렐라』 같은 동화는 어떤가? 여기서는 어머니의 죽음이 이후 사건들의 발단이 된다고 할 수 있지만, 그 죽음을 원인으로 하여 어떤 결과가 발생하고 그것이 원인이 되어 제2의 결과가 생겨나는 식의 인과적 연쇄 반응이 이어지는 것은 아니다. 신데렐라의 스토리가 전개되려면 우연한 외부적 변수가 계속해서 새로운 '원인'으로 공급되어야 한다. 이를 위해 신데렐라의 아버지가 하필이면 욕심 많고 사악하며 이전 결혼에서 낳은 두 딸을 데리고 있는 여자와 재혼해야 하고, 그로 인해 불행해진 신데렐라의 삶의 한복판에 난데없이 왕자의 무도회 초대장이 날아와야 한다. 이런 외부적 사건들은 신데렐라의 삶의 줄기 자체에서는 원인을 찾을 수 없는 일이다. 아리스토텔레스가 생각하듯이 명확한 경계를 가진 단일한 인과적 연쇄를 짜임새가 좋은 플롯으로 평가할 수 있다면 『신데렐라』의 플롯 구성은 기준 미달이라고 보아야 할 것이다.

그렇다면 아리스토텔레스가 뛰어난 플롯의 범례로 삼은 소포클레스의 비극 『오이디푸스 왕』은 어떤가? 이 극에서 테베의 왕 오이디푸스는 창궐하는 역병에서 국가를 구원하기 위해 전왕 라이오스의 살인범을 찾아내려 한다. 그런데 살인범을 발견하는 결정적인 계기가 마련되는 것은 코린토스의 왕 폴리보스의 죽음을 알리는 사자가 오이디푸스에게 찾아옴으로써이다. 오이디푸스는 폴리보스 왕을 자신의 친부라고 믿고 있지만 코린토스에서 온 사자를 통해 오이디푸스가 아기 때 폴리보스 왕에게 양자로 입양되었음이 드러난다. 그리고 이는 오이디푸스가 라이오스 왕의 친아들이자 살해범이라는 발견으로 이어진다.

어째서 폴리보스 왕의 부음을 전하는 사자는 하필 오이디푸스가 라이오스 왕의 살해범을 찾는 탐문 과정에서 자기 자신을 범인으로 지시하는 단서들이 어렴풋이나마 나타나면서 이야기가 최고의 위기에 이른 지점에서 등장하는가? 사자가 등장하게 된 실제적 이유는 오직 폴리보스 왕이 바로 그 무렵에 죽었다는 사실에서밖에 찾을 수 없다. 그런데 폴리보스 왕의 죽음은 오이디푸스가 직면하고 있는 문제, 즉 테베의 역병이나 라이어스 왕 살해 사건과아무런 관계도 없는, 그저 다른 나라의 일일 뿐이다. 사자는 오이디푸스의 탐문 과정에 결정적 전기를 가져오는 중대한 원인으로작용하지만, 사자를 테베로 오게 만든 사건의 인과적 흐름은 탐문과정 외부에 있다. 그런 의미에서 『오이디푸스 왕』의 스토리 역시시작-중간-끝이라는 단일한 인과적 연쇄로 환원될 수는 없는 것이다. 오이디푸스가 살해자를 탐문하는 과정과 폴리보스 왕이 죽음을 향해가는 과정은 상이한 장소에서 평행적으로 진행되며 이러한 별개의 두 과정이 폴리보스 왕의 부음을 전하러 코린토스에서 테베로 온 사자를 통해서 비로소 하나의 줄기로 합류하는 것이다. 따라서 코린토스의 사자가 등장하는 이 부분에만 국한하여 보더라도 『오이디푸스 왕』의 스토리는 다선적인 구조임을 알 수 있다. 결국 『오이디푸스 왕』의 플롯의 종결은 서로 무관한 두 사건 줄기의 우연한 교차에 의존하고 있으며, 처음과 끝을 가진 단일한 인과적 연속체라는 플롯의 이상을 충족시키지 못한다.

다시 말해 『오이디푸스 왕』과 같은 작품의 스토리는 결코 아리스토텔레스가 생각하는 이상적인 형태의 플롯, 적절한 시작에서 중간을 거쳐 적절한 지점에서 끝나는 단선적인 인과적 과정으로 기술할 수 없으며 만일 그렇게 할 수 있는 것처럼 보인다면 그것은 우리가 플롯에 대한 관습적 관념 속에 스토리를 욱여넣고 거기서 벗어나는 곁가지들을 최대한 잘 보이지 않게 만들어버리기 때문이다. 시작과 중간과 끝으로 이루어진 유한한 단선적 과정으로서의 플롯은 토도로프가 말한 '경찰관의 사건 보고서'처럼 관습적인 담화 형식일 뿐이며 그런 형태의 사건 연속체는 스토리 층위에는 존재하지 않는다.

물론 아리스토텔레스가 플롯을 설명하면서 강조한 사건과 사건 사이의 인과적 관계들은 스토리 층위의 현상이다. 그러나 『오이디푸스 왕』의 예에서 볼 수 있는 것처럼 스토리 층위에서는 선행하는 원인으로 설명되지 않는 우발적인 사건들도 발생하며[29] 특히 이런 사건들이 이후 중대한 다른 사건들을 불러내는 원인이 된다. 따라서 그 자체는 선행하는 원인이 없이 일어나서 후속 사건만 촉발하는 것을 '시작'이라고 보는 아리스토텔레스의 정의를 곧이곧대로 받아들인다면 스토리에는 다수의 시작이 있기 마련이다. 다시 말해서 스토리에서는 인과관계가 사건들 전체를 결합해주는 유일한 원리가 아니며 언제나 원인 없는 우발성이 인과관계와 함께 작용하여 복합적인 사건 구조가 만들어진다.

그러므로 하나의 시작점에서 종결 지점 사이를 잇는 일직선상에 배열되는 인과관계의 연쇄라는 플롯 도식은 스토리와 담화

---

[29] 왜 오이디푸스가 라이오스의 살인범을 추적하고 있을 때, 폴리보스 왕이 죽음을 맞이하는가? 여기에는 우연 혹은 우연을 관장하는 신적 운명 외에 다른 원인이 없다.

의 두 층위를 모순적으로 결합하여 만들어진 혼종적 구성물이라고 할 수 있다. 플롯은 인과관계를 통한 사건들의 결합으로 정의되는 한에서 스토리 층위의 구조를 지시하지만, 플롯이 그러한 결합으로 구성된 사건들의 단선적인 연속체라는 견해에는 담화의 매체적 형식에서 유래하는 일정한 서사 도식의 관념이 투영되어 있는 것이다.

개연적 플롯, 경이적 플롯

토마셰프스키는 파불라와 슈제트에 대한 논의에서 슈제트의 순서가 파불라의 순서와 일치할 가능성을 상정하면서(시간적-인과적 순서) 슈제트의 순서와 파불라의 순서 사이의 격차가 클수록 슈제트다운 특성이 더 뚜렷해지는 듯이 서술하는데, 이를 고려하면 형식주의적 전통에서 사건들의 발생 순서와 인과적 선후 관계를 최대한 미메시스적으로 반영하는 담화가 거의 스토리와 동일시된다고 해도 그다지 놀라운 일은 못 될 것이다. 토도로프가 경찰관의 사건 보고서가 스토리에 가까운 것이라고 말할 때도 그 배후에는 스토리와 담화의 관계에 대한 이런 편견이 작용하고 있다.

그러나 토마셰프스키가 말한 것처럼 파불라(스토리)가 실제로 일어나는 사건들의 흐름이고 슈제트가 그러한 사건들이 독자에게 알려지는 인지적 과정이라면, 사건의 순서와 그것을 알게 되는 순서가 표면적으로 일치한다고 하더라도 파불라와 슈제트를 동일시해서는 안 될 것이다. 두 가지 순서가 어긋나기 때문에 파불라와 슈제트가, 혹은 스토리와 담화가 구별되는 것이 아니고 두 가지 순서가 근본적으로 상이한 성격을 지니기 때문에 처음부터 양자를 확실히 구분해야 하는 것이다.

그렇다면 아리스토텔레스가 말하는 플롯 개념을 스토리로 보느냐(사건들의 과정으로 인식하느냐), 아니면 담화로 보느냐(그 담화의 독자 혹은 수용자—이를테면 비극의 관객—에게 사건이 제시되는 과정으로 인식하느냐)에 따라 『시학』을 읽는 방향도 크게 달라질 것이다. 여기서는 아리스토텔레스의 플롯이 담화적 형식이라는 가정에서 출발하여 그가 플롯의 구조에 대해 논의한 바를 다시 읽어보고자 한다.

아리스토텔레스의 플롯에 관한 논의와 관련하여 제일 먼저 떠오르는 개념이 있다면 아마도 개연성일 것이다. 아리스토텔레스는 사건과 사건을 결합하여 플롯을 구성할 때 지켜야 할 중요한 원칙으로 필연성과 개연성의 법칙을 거듭 강조한다. 우리는 『시학』 곳곳에서 사건들이 잘 결합되어 하나의 플롯을 이루기 위해서는 하나의 사건이 필연적으로 다른 사건을 초래하거나, 아니면 그 사건을 촉발할 가능성이 상당히 높아야 한다는 주장을 접할 수 있다.

아리스토텔레스는 역사가와 시인을 대비시킨 것으로 유명한 『시학』의 한 대목에서 시인의 과제가 "실제로 일어난 것이 아니라 일어날 수 있는 일, 즉 필연성 또는 개연성의 법칙에 따라 가능한 일을 전달하는 것"(『시학』, 1451a)이라고 말한다. 이때 필연성이란 최대의 개연성이라는 의미에서 개연성의 특별한 사례일 뿐이므로, 플롯을 통합하는 원리는 개연성의 법칙으로 환원할 수 있다. 즉 시인은 "개연성의 법칙에 따라 플롯을 구성"해야 한다.

『시학』에서 플롯 구성과 관련하여 개연성 법칙이 얼마나 중시되는지는 그것을 지키지 않은 플롯에 대한 아리스토텔레스의 가혹한 평가에서도 잘 드러난다.

> 단순한 플롯과 행위 중에 최악의 것은 에피소드적인 것이다. 나는 에피소드들이 서로 개연성도 필연성도 없이 계기할 때 이를 에피소드적 플롯이라고 부른다.
>
> _『시학』, 1451b

아리스토텔레스가 플롯에 관해 논하면서 거듭 강조하는 개연성과 필연성의 개념은 물론 사건과 사건 사이의 인과관계를 의미하며, 그런 의미에서 스토리 층위와 관련된다. 그러나 만일 아리스토텔레스가 이를 플롯의 담화적 차원을 고려하면서 논하고 있다면 우리는 문제를 다른 관점에서 바라보아야 할 것이다. 이런 문제의식에서 『시학』의 다음 구절을 읽어보자.

> 재현은 그 자체 완결된 행위뿐만 아니라 공포와 비탄을 불러일으키는 것을 대상으로 한다. 이러한 효과가 발생하는 것은 특히 사건들이 예기치 않게, 그럼에도 불구하고 인과적으로 일어날 때다. 그런 경우가, 사건들이 제각각 독자적으로, 또 우연히 일어나는 경우보다 더 경이적인 인상을 줄 것이다.
>
> _『시학』, 452a

비극이 고통스럽고 끔찍한 사건을 재현하기만 한다면 그것만으로도 공포와 비탄을 불러일으킬 수는 있을 것이다. 하지만 아리스토텔레스는 공포와 비탄이 고통스럽고 끔찍한 사건 자체보다는 그러한 사건이 일어나기까지의 과정을 통해서 촉발되어야 한다고 말한다. 그러면서 이를 위한 두 개의 조건을 언급한다. 하나는 인과성이다. 비극적 결말로 가는 과정은 인과적 법칙(개연성의 법칙)에 따라야 한다. 이는 플롯 일반의 원칙이므로 새로울 것이 없다. 특히 주목할 것은 새롭게 추가된 두 번째 조건, 즉 비극적 플롯은 예상을 벗어나는 방식으로 전개되어야 한다는 조건이다. 이 조건은 인과성에 대한 요구와는 성격이 근본적으로 다른 것처럼 보인다. 인과성의 조건이 사건들 사이의 관계에 관한 것이라면, '예기치 않은 전개'라는 조건은 사건들이 관찰자에게 나타나는 방식에 관한 규정이고, 관찰자의 예상 방향이나 능력에 대한 일정한 관념을 전제한다. 의외의 사건이란 어떤 일이 일어날 것이라고, 혹은 일어나지 않을 것이라고 예상하는 주체가 있을 때만 일어날 수 있는 것이기 때문이다. 더 나아가서 사건의 의외성은 관객에게 강렬한 비탄과 공포를 일으키기 위한 것이므로, 여기서 전제되는 사건의 관찰자는 바로 관객임이 분명하다. 이런 맥락에서 플롯은 관객에게 사건들이 나타나는 양상, 혹은 관객이 사건을 알게 되는 방식으로서 토마셰프스키와 토도로프가 말하는 슈제트나 담화와 크게 다르지 않은 것으로 보인다. 플롯은 행위 자체가 아니라 관객 혹은 독자에게 관찰되는 행위다. 환언하면 행위를 독자에게 보여주기 위해 재현하는 것이 플롯이다.

그렇다면 아리스토텔레스가 플롯의 제1조건으로 내세우는 개연성의 원칙에 대해서도 다시 생각해볼 필요가 있다. 스토리 층위에서 사건과 사건 사이의 객관적인 관계에 관한 범주로 이해할 수 있는 개연성은 담화의 층위에서는 주관적 인식과 믿음의 문제로 나타난다. 독자는 플롯의 전개를 따라가면서 지속적으로 다음 순간을 예상하고 기대한다. 그리고 플롯의 실제 경과를 통해 자신의 예상을 확인하거나, 기대가 깨져 충격을 받기도 한다. 플롯에 대한 독자의 인지적 반응에서 핵심적인 것은 바로 개연성에 대한 주관적 판단이다. 따라서 플롯을 담화 층위의 문제로 볼 때 중요한 것은 사건과 사건 사이의 개연적 관계 자체가 아니라 독자가 이를 어떻게 판단하느냐이며, 작가는 플롯을 단순히 사건들의 인과법칙에 따라 구성할 것이 아니라 독자가 어떻게 판단하고 반응할 것인지를 고려하여 구성하여야 하는 것이다.

아리스토텔레스도 바로 이런 견지에서 개연성의 문제를 바라보고 있음이 분명하다. 그는 비극 작품이 경이적인 인상을 배가하기 위해서는 예기치 못한 사건들의 전개에도 불구하고 그 사건들이 인과적으로 상호 결합되어 있어야 한다고 말한다. 아리스토텔레스가 이처럼 사건들의 개연성이라는 객관적인 조건을 관객이 작품에서 받는 인상에 영향을 미칠 수 있는 요인으로 간주한다면, 여기에는 당연히 그 인과관계를 관객이 인식한다는 전제가 깔려 있다. 이 전제는 플롯에 제기되는 개연성 조건에 일반적으로 적용

될 수 있을 것이다. 플롯이 개연적으로 혹은 필연적으로 전개되어야 한다는 아리스토텔레스의 원칙은 언제나 관객에게 플롯 전개의 개연성과 필연성을 인식하게 해야 한다는 요구를 수반한다.

그런데 이 지점에서 '예기치 않게, 그럼에도 불구하고 인과적으로'라는 조건은 모순적이지 않은가 하는 의문이 제기될 수 있다. 관객이 인과적 연관을 인식한다는 것은 곧 사건과 사건이 잇달아 일어날 수 있는 개연성을 인식한다는 뜻이지만, 관객이 그러한 개연성을 인식하고 있다면 플롯의 예기치 못한 전개는 불가능해질 것이기 때문이다.

다만 이 모순은 시간적 요인을 고려하면 해소된다. 어떤 사건들은 실제로 일어나기 전까지는 비개연적인 것으로, 심지어 상상조차 할 수 없는 일로 여겨지다가, 사후에야 주체의 회고적인 시선에 그 개연성을 드러내기도 한다. 물론 원인이 먼저 식별되고 이에 따라 결과를 예측할 수 있게 되는 일도 많지만, 복잡한 현실에서는 결과가 우리에게 닥친 뒤에 비로소 어떤 원인들에서 그 결과가 초래되었는지를 인식하게 되는 일도 드물지 않다. '예기치 않게, 하지만 인과적 법칙에 따라'라는 아리스토텔레스의 플롯 공식에는 바로 이러한 현실 인식 과정의 역설적 구조가 반영되어 있다.

전혀 예상하지 못한 사건이 발생했을 때 우리는 우선은 커다란 충격과 놀라움을 느끼지만, 이와 함께 그 사건을 일어날 만하게 만든 수많은 원인들이 우리의 시야 너머에서 은밀하게 작동하고 있었음을 새롭게 발견하고 뒤늦게나마 그것을 일어날 법한 일로,

더 이상 놀랍지 않은 일로 이해하고 받아들일 수 있게 된다. 이는 우리 자신의 맹목과 무지를 돌아보게 만들고, 그러한 깨달음은 최초의 충격에 또 다른 충격을 더해준다. 비극적 플롯을 감상하는 관객의 경험에 대한 아리스토텔레스의 서술은 바로 이러한 인식의 메커니즘을 지시하고 있는 것으로 보인다. 관객이 이상적인 비극적 플롯을 따라가면서 스토리를 구성하는 과정은 사람들이 현실에서 복합적인 상황의 인식에 이르는 과정과 유사하다.

이상의 고찰을 통해 확인할 수 있는 것은 아리스토텔레스가 제시한 좋은 비극 플롯의 두 가지 조건이 결국은 모두 관객의 인식 과정에 관련되어 있다는 사실이다. 관객은 플롯의 중간에는 그 이후를 예측할 수 없는 상태여야 하고 플롯의 끝에서는 전체가 인과적으로—필연적으로나 개연적으로— 연결되어 있음을 인식할 수 있어야 한다. 플롯은 관객이 최종적으로 파악하게 될 사건들의 인과적 결합, 즉 스토리 구성을 전제하지만, 결코 그것이 플롯 구성의 전부는 아니다. 플롯의 목적은 무엇보다도 독자에게 어떻게 스토리를 알리느냐의 문제로 귀착하기 때문이다.

여기서 아리스토텔레스의 자가당착이 분명히 드러난다. 아리스토텔레스는 플롯을 시작-중간-끝을 가진 사건들의 단선적인 인과적 연쇄로 정의한다. 이에 따르면 플롯은 원인에서 결과의 방향으로 나아간다. 그러나 플롯이 관객의 입장에서 예기치 않은 방향으로 전개되면서도 인과적이어야 한다면, 그러한 플롯에서는 어떤 중요한 원인이 숨어 있는 채로 결과가 먼저 돌출하고 원인은 그 뒤에 모습을 드러내야 할 것이다. 이때 원인에서 결과로 나아가는 시간적-인과적 순서는 충실히 지켜질 수 없다. 효과적인 플롯에서 원인과 결과의 도치는 필연적이다. 사건의 인과적 질서를 플롯의 순서와 동일시하면서도 플롯 진행의 의외성과 반전을 강조하는 모순적 태도는 아리스토텔레스가 행위와 행위의 재현을 정확히 구별하지 않고 플롯을 스토리의 구조로 보는 관점과 담화적 구조로 보는 관점 사이에서 동요하고 있다는 것을 재차 확인해준다.

4

ス—

스토리의 서사학, 담화의 서사학: 프롭의『민담 형태학』연구

우연적 스토리와 필연적 담화

앞 장에서 아리스토텔레스 시학의 플롯 개념을 담화적·슈제트적 구성물로 보는 관점을 개진한 데 이어 이 장에서는 이러한 관점의 유효성을 블라디미르 프롭Vladimir Propp의『민담 형태학』(1928)에 제시된 서사 도식을 대상으로 재차 검증해보고자 한다. 프롭의 도식은 일반적으로 러시아 민담 플롯의 추상적 모델로 간주되는바, 스토리와 담화의 층위 사이를 동요하는 플롯 개념의 모호성은 프롭의 도식에 대한 이해에도 상당한 이론적 난관을 야기한다.

프롭은 아파나시에프가 편찬한 러시아 민담집에서 마법담으로 분류될 수 있는 이야기 100편을 대상으로 그 속의 행위와 사건들을 이야기 전개에서 담당하는 기능에 따라 31가지로 분류하고 이 31개의 기능이 마법담 속에서 늘 동일한 순서로 나타난다는 것을 발견한다. 일정한 순서를 가진 31개 기능의 열이 바로 프롭이 구성한 마법담의 추상적 줄거리 도식이다. 이는 다음과 같다.

1. 가족 중 한 사람이 집을 떠나 부재중이다.

2. 주인공에게 금계가 내려진다.

3. 금계가 깨진다.

4. 적이 염탐한다.

5. 적이 희생자에 대한 정보를 얻어낸다.

6. 적이 희생자를 속여서 희생자 자신이나 그의 소유물을 차지하려 한다.

7. 희생자가 속임수에 넘어가는 바람에 뜻하지 않게 적을 돕게 된다.

8. 적이 가족 중 한 사람에게 해를 가하거나 손실을 가져온다.

8a. 가족 중 한 사람이 어떤 결핍을 겪고 있거나 무언가를 갖고 싶어 한다.

9. 불행 혹은 뭔가를 가지고 싶은 소망이 알려진다. 주인공은 요청 혹은 명령을 받고, 파견되거나 출정을 허락받는다.

10. 탐색자가 대적하는 데 동의하거나 대적하겠다고 결심한다.

11. 주인공이 집을 떠난다.

12. 누군가가 주인공을 시험하거나 캐묻거나 습격하고, 이로써 마법의 도구나 초자연적 조력자를 획득하는 과정이 시작된다.

13. 주인공이 미래의 증여자가 하는 행동에 반응한다.

14. 주인공이 마법의 도구를 손에 넣는다.

15. 주인공이 탐색 대상이 있는 장소로 옮겨지거나 안내를 받거나 이끌려 간다.

16. 주인공과 적이 직접 대결한다.

17. 주인공에게 표지가 주어진다.

18. 적이 패배한다.

19. 최초에 당한 화에서 벗어나거나 결핍이 해소된다.

20. 주인공이 귀환한다.

21. 주인공이 추격당한다.

22. 주인공이 추격에서 벗어난다.

23. 주인공이 정체가 알려지지 않은 채 고향에 혹은 어떤 다른 나라에 도착한다.

24. 가짜 주인공이 부당하게 권리를 주장한다.

25. 주인공에게 어려운 과제가 주어진다.

26. 과제가 해결된다.

27. 주인공이 인지된다.

28. 가짜 주인공, 또는 적, 또는 가해자가 폭로된다.

29. 주인공이 새로운 모습을 획득한다.

30. 적이 벌을 받는다.

31. 주인공이 결혼하고 왕좌에 오른다.

_Propp 2005, 25-65

프롭이 제시하는 31개의 기능은 그 하나하나가 민담에서 볼 수 있는 전형적인 상황과 행위, 사건을 떠오르게 할 뿐만 아니라 기능 연속체 전체도 한 편의 전형적인 민담을 읽는 것 같은 느낌을

준다. 프롭의 서사 도식은 그만큼 민담의 본질적인 특징을 잘 포착한 민담 플롯의 모델로서 이후 이야기의 원형적인 구조를 찾고자 하는 서사학자들에게 많은 영감을 주었다. 가족 누군가가 집을 떠난 틈을 타 악한이 가해 행위를 저지르고, 이에 대한 대응으로 주인공이 악한과 싸워 승리를 거둔 뒤 그 공적에 대해 보상받는다는 내용으로 요약할 수 있는 프롭의 민담 모델은 이후 서사학에서 담화보다 스토리의 구조를 밝힌 대표적 연구로 수용되었다. 즉 그것은 무엇보다도 시간적·인과적 질서에 따른 사건의 결합(아리스토텔레스), 또는 토마셰프스키가 말한 파불라의 도식화로 이해된 것이다.

그러한 이해의 대표적인 예로 클로드 브레몽Claude Bremond의 논의를 꼽을 수 있다. 그는 「서사적 가능성의 논리」라는 논문에서 이야기에 대한 기호학적 연구를 "서사 기법의 분석"과 "이야기되는 세계를 지배하는 법칙의 탐구"로 구분하는데(Bremond 1966, 60), 그 바탕에는 토도로프가 제시한 서사 층위의 구분, 즉 담화와 스토리의 구분이 놓여 있다. 다시 말해 서사학은 어떻게 이야기하느냐라는 기법의 문제를 중심으로 하는 담화의 탐구와 이야기되는 내용의 법칙성을 다루는 스토리의 탐구로 나눌 수 있다는 것이다. 이때 프롭의 『민담 형태학』은 스토리의 탐구, 또는 이야기 세계의 법칙에 대한 탐구로 분류되며, 그것이 프롭의 이론과 마법담의 도식을 바라보는 브레몽의 관점을 결정한다. 그는 이런 관점에서 프롭의 도식을 개선하고자 한다.

그러면 브레몽은 이야기 세계의 법칙을 어떻게 파악하는가? 그는 이 법칙을 다시 두 갈래로 나눈다.

이들 법칙 자체는 두 층위의 구조와 관련되어 있다. a) 그것은 이야기의 형태로 정렬된 모든 사건 연속체가 불가해하게 되지 않으려면 지켜야 하는 논리적 제약 조건들을 반영한다. b) 모든 이야기에 해당되는 이런 제약 조건 외에 어떤 문화나 시대, 문학 장르, 화자의 스타일, 극단적인 경우에는 그 이야기 자체에 특징적인 특수한 세계의 관습이 추가된다.

_Bremond 1966, 60

브레몽이 말하는 이야기 세계의 법칙은 모든 이야기에 적용되는 일반 법칙과 특수한 문화나 장르, 양식, 특정 작품에만 적용되는 특수 법칙으로 구성된다. 이에 따르면 프롭이 제시한 마법담의 도식 속에서도 세계의 일반 법칙에 더하여 그가 구체적인 연구 대상으로 삼은 러시아 마법담 특유의 시대적·문화적 성격이 반영된 세계 법칙이 작동한다고 할 수 있을 것이다. 브레몽은 이런 전제하에 '기능'을 분석의 출발 단위로 삼은 프롭의 방법론을 일정 부분 수용하면서도 프롭이 러시아 마법담이라는 장르에서 도출해낸 특수한 요소를 걷어냄으로써 일단 이야기 세계 일반에 적용할 수 있는 일반 법칙을 재구성하려 한다. 일반 법칙의 정립 작업이 선행되어야 특수한 이야기 법칙의 정확한 성격 규정과 분류가 가

능해지기 때문이다.(Bremond 1966, 60)

브레몽은 프롭이 그러한 이론적 단계 없이 곧바로 특수한 장르의 법칙을 정립하려 했다는 점을 넌지시 비판하고, 일반 법칙의 구성 작업으로 넘어간다. 이 작업은 다음과 같이 진행된다. 1) 먼저 프롭의 도식에서 반복적으로 나타나는 패턴을 발견하여 이를 3개의 기능을 포함하는 "기본 연속체"(개시 기능, 실현 기능, 종결 기능)로 규정한다. 2) 다음으로 프롭과 달리 이러한 연속체를 하나의 기능에서 다른 기능으로 필연적으로 이어지는 과정이 아니라 하나의 기능이 대안적 가능성을 산출하고 그 가능성 가운데 하나가 실현되는 개연적 과정으로 기술한다.

[…] 전술한 것[기본 연속체에 관한 내용]은 프롭의 방법과 달리 이들 기능 가운데 어떤 것도 필연적으로 과정 내의 다음 기능으로 이어지지 않는다. 반대로 과정을 여는 기능이 제시되면 화자는 언제나 행위가 따라오게 하거나 그저 잠재적 상태를 유지하게 하거나 둘 중의 하나에 대한 선택권을 가진다. 즉 어떤 행위가 실행되어야 할 것으로 제시되거나 어떤 사건이 예견된다면 그 행위나 사건은 현실화될 수도 있지만 그렇게 되지 않을 수도 있다. 화자가 그 행위나 사건을 현실화하기로 정한다고 하자. 그래도 그는 여전히 그 과정이 종결에 이를 때까지 계속되도록 할 수도 있고 도중에 멈추게 할 수도 있다. 행위는 목표를 성취할 수도 있고 성취하지 못할 수도 있다. 사건은 예상된 결과에

이르기까지 진행될 수도 있고 진행되지 않을 수도 있다.

_Bremond 1966, 60-61

이상이 "서사의 논리적 가능성들"의 기본 도식이다. 이야기로서 이해 가능한 사건 연속체가 갖추어야 할 "최소한의 논리적 제약 조건"이 바로 이 도식으로 표현된다.

브레몽의 도식과 프롭의 도식이 어떻게 다른지 프롭의 기능 2-3을 예로 하여 구체적으로 살펴보자. '금계를 내린다'라는 프롭의 기능 2는 브레몽의 기본 도식에 따르면 '개시 기능'으로서 금계를 위반하는 행동이 일어날 가능성과 일어나지 않을 가능성을 함께 열어준다. 화자는 아무런 위반 행동이 일어나지 않게 하든가, 위반 행동을 현실화하든가, 두 가능성 가운데 하나를 선택할 수 있다. 위반 행동의 현실화를 택하더라도, 그 행동이 중도에 포기되어 결국 금계의 위반은 일어나지 않을 수도 있고, 완전히 이루어져서 결국 금계가 위반될 수도 있다. 금계의 선포 후에 금계가 위반되는 쪽으로 결정되더라도 이는 대안적 가능성 가운데 하나가 선택된 결과이며, 그 결정이 필연적인 것은 아니다.

반면 프롭의 도식에서 금계의 선포는 반드시 위반을 초래한다. 프롭이 분석한 마법담의 경우만 그런 것이 아니다. 세계의 다양한 신화와 전설, 민담에서 금계는 늘 위반과 짝을 이룬다. 선악과를 먹지 말라는 금계도, 뒤를 돌아보지 말라는 금계도, 문을 열어보지 말라는 금계도, 말에서 내려와 땅을 밟아서는 안 된다는 금계도, 모두 깨어진다. 이야기에서 금계는 마치 철의 법칙을 따르는 것처럼 늘 위반된다. 이야기의 독자는 금계가 선포되는 순간 어떤 의미에서 이미 그것의 위반을 내다본다. 금계가 잘 준수되고 아무 일도 일어나지 않는 경우가 이야기 전개의 선택지에 포함되어 있을 리가 없다고 느끼기 때문이다. 프롭의 도식은 독자의 이러한 감각에 부합한다.

그러면 브레몽의 '서사적 가능성'의 도식과 프롭의 '서사적 필연성'의 도식은 서로 어떤 관계에 있다고 보아야 할까? 두 도식을 조화시키는 한 가지 방법으로 양자가 일반과 특수의 관계를 이룬다는 해석을 생각해볼 수 있을 것이다. 즉 브레몽의 가능성 도식은 이야기 세계의 일반 법칙을, 프롭의 필연성 도식은 러시아 마법담 속에 구성된 세계의 특수 법칙을 나타낸다는 것이다. 이러한 해석은 이야기 세계를 지배하는 법칙의 이원적 구조, 즉 모든 이야기에 타당한 법칙과 특수한 장르나 스타일에서만 나타나는 법칙의 이원성에 관한 브레몽의 서술과도 잘 맞아떨어지는 것처럼 보인다.

그러나 브레몽이 말하는 서사적 가능성의 도식과 프롭이 말하는 서사적 필연성의 도식을 모두 이야기 세계의 법칙으로 이해할 경우 양자는 내용적으로 상충하기에 이들의 관계를 일반-특수의 관계로 규정하는 것은 불가능하다. 프롭의 도식은 브레몽의 도식에서 가능성에 지나지 않는다고 간주된 것을 필연성으로 만들고 다른 대안적 선택 가능성을 아예 제거해버린다. 프롭의 도식을 이렇게 이해한다면, 마법담의 세계에서 금계가 준수될 가능성은 존재하지 않으며, 서사적 가능성의 도식은 더 이상 이야기 세계의 일반 법칙이라고 할 수 없게 된다. 반대로 브레몽의 도식이 모든 이야기에 타당한 법칙이라는 입장을 고수한다면 프롭의 도식을 부정하지 않을 수 없다.

프롭의 도식은 상당수의 마법담에 대한 관찰을 토대로 수립된 것으로서 이야기에 대한 어떤 원초적 감각에 부합한다. 그렇다고 해서 브레몽의 도식이 가진 보편성을 부정하는 것도 쉽지는 않다. 이 도식에는 대안적 가능성을 생성하면서 불확실성과 긴장을 일으켰다가 특정한 가능성을 확정하면서 긴장을 해소시키는 이야기의 보편적 원리가 잘 표현되어 있기 때문이다. 양립 불가능한 것처럼 보이는 프롭과 브레몽의 원칙을 어떻게 조화시킬 수 있을까?

브레몽의 가능성과 프롭의 필연성이 모순적으로 보이는 것은 양자가 모두 동일한 층위, 즉 스토리 층위에서 관철되는 이야기 세계의 법칙과 관련된 것이라는 가정 때문이다. 이 가정에서 벗어나면 그 모순도 해소된다. 따라서 문제 해결의 실마리는 프롭의 도식이 브레몽의 도식과 달리 담화 층위의 형식임을 인식하는 데서 나온다. 단선적인 플롯이 스토리의 형식이라기보다는 담화의 형식이듯이, 1번에서 31번까지 차례대로 이어지는 프롭의 기능 연속체도 담화 층위의 도식으로 볼 수 있다. 그것은 행위와 사건의 결합체라기보다는 행위와 사건을 재현하는 진술들의 연쇄인 것이다.

그렇게 볼 수 있는 중요한 근거는 무엇보다도 프롭 자신이 기능의 순서에 관하여 제기하는 다음 질문에서 찾을 수 있다. "기능을 일단 정의하고 나면 두 번째 문제가 제기된다. 기능들은 어떻게 분류되고 어떤 순서로 나타나는가?"(Propp 2005, 21) 기능의 순서 문제는 더 정확히 말하면 이야기 속에서 기능들이 독자에게 어떤 순서로 나타나는가의 문제다. 여기서 토마셰프스키의 슈제트 개념 정의를 상기해보자. 슈제트는 사건들이 작품상에 배열된 순서, 작품이 독자에게 사건에 관해 알게 하는 순서를 가리킨다. 프롭이 말하는 기능들의 순서 역시 정확히 이런 의미에서 슈제트이다.

이 맥락에서 특히 주목해야 할 것은 프롭이 기능들의 순서를 지배하는 민담 장르 고유의 법칙을 강조한다는 점이다.

이러한 순서[기능들의 순서]가 우연적이라는 견해가 있다. 베셀롭스키는 이렇게 적고 있다. "과제와 만남(모티프들의 예)의 선택과 배치는 이미 어느 정도의 자유를 전제한다." 슈클로프스키는 이 생각을 더욱 날카롭게 표명한다. "차용하는 경우에 왜 모티프들의 우연한 순서(슈클로프스키의 강조 표시)가 보존되어야 하는지는 이해할 수 없다. 목격자들의 증언에서 가장 많이 왜곡되는 것은 바로 사건들의 순서다." 목격자의 증언에 대한 언급은 설득력이 없다. 목격자가 사건의 순서를 왜곡한다면 그의 이야기는 무의미해질 것이다. 사건들의 순서에는 그 나름의 법칙이 있다. 단편소설도 유기적 구조물이 그러하듯 유사한 규칙이 있다. 문을 따고 들어가지 않으면 도둑질도 일어날 수 없다. 민담으로 말하자면, 여기에는 그것만의 아주 특별하고 고유한 규칙이 있다. 나중에 보게 되겠지만 요소들의 순서는 엄격한 동일성을 유지한다. […] 여기서 향후 더 발전되고 검증될 이 저작의 세 번째 기본 테제가 나온다. 3) 기능들의 순서는 언제나 동일하다.

_Propp 2005, 21-22

프롭은 사건들의 순서에 법칙이 있는 것처럼 민담에는 그것만의 특별하고 고유한 규칙이 있다고 말한다. 만일 그가 말하는 민담 기능들의 순서가 사건들의 법칙적 순서, 즉 시간적·인과적 법칙으로 완전히 설명될 수 있는 것이라면 민담의 "아주 특별하고 고유한 규칙"을 강조할 이유는 없을 것이다. 장르의 고유한 규칙은 브레몽이 생각하듯 이야기되는 세계의 법칙과 동일시할 수 있는 것이 아니다. 그것은 슈제트 구성의 법칙이며 담화상에서 기능들이 언제나 동일한 순서로 나타나도록 만드는 법칙이다.

프롭의 기능 연속체를 독자에게 순차적으로 나타나는 기능들의 열, 화자에게서 독자에게로 전달되는 '행위와 사건에 관한 정보들'의 열로 보아야 한다면, 기능들 사이의 관계가 지니는 성격도 스토리 층위보다는 담화 층위에서 규정함이 타당할 것이다. 이러한 인식에서 다음과 같은 테제가 정립된다. 기능 연속체 속에서 기능과 기능의 연결 관계를 규제하는 것은 이야기되는 사건의 개연성/필연성이 아니라 사건에 관해 이야기하는 진술의 개연성/필연성이다. 그렇다면 스토리 층위의 개연성/필연성과 담화 층위의 개연성/필연성 사이의 차이는 무엇인가? 전자가 'A라는 사건 다음에 어떤 사건이 일어날 수 있는가 혹은 일어날 수밖에 없는가'라는 질문과 관련된다면, 후자의 문제는 'A라는 사건에 이어 이야기할 만한 사건, 혹은 이야기해야만 하는 사건은 무엇인가'다.

위에서 언급한 금계의 선포와 위반으로 이어지는 기능 연쇄의 필연성은 바로 이 두 번째 질문과의 관계에서 이해할 수 있다. 민담은 단순히 어떤 임의의 사건에 관한 보고나 기록이 아니라 독자가 이야기 고유의 즐거움을 기대하며 읽고 감상하는 대상으로서 그 기대에 부응할 만한 가치와 매력을 지녀야 한다. 프롭의 기능 연속체를 규제하는 법칙도 궁극적으로 이 대전제에서 도출된다. 이야기 속에서 금계가 선포되면 그 금계는 반드시 위반된다. 만일 금계가 위반되지 않고 잘 지켜졌다면, 그래서 본래의 평온 상태가 변함없이 유지되고 어떤 분란도 일어나지 않았다면, 그런 금계는 이야기될 만한 가치를 인정받지 못했을 것이다. 잘 지켜진 금계, 기존 질서가 흐트러지지 않도록 성공적인 통제 효과를 거둔 금계는 이야기의 우주 속에 입장하지 못한다. 금계가 위반될 때에만 비로소 이야기할 만한 것, 독자의 감응을 불러올 만한 어떤 일이 생겨난다. 그래서—브레몽이 말하는 것과는 달리—화자에게는 금계가 위반되지 않아서 아무런 일도 일어나지 않는다는 가능성을 선택할 자유가 없다. 그것은 이야기할 만한 일이 일어나서 이야기가 계속되어야 한다는 담화 층위의 압력, 그러한 이야기를 바라는 독자로부터의 압력 때문이다.

　　요컨대 프롭의 기능 연속체가 나타내는 서사적 필연성은 이야기되는 세계의 필연성이 아니라 담화 층위의 필연성, 이야기하는 진술 행위의 필연성이다. 그리고 이러한 필연성은 복수의 가능성을 향해 열려 있는 이야기 세계의 우연성, 스토리 층위의 우연성과 양립할 수 있다. 그 세계에서 문을 절대 열어서는 안 된다는 금계가 내려지는 것은 당연히 그 금계가 위반될 가능성과 위반되지 않을 가능성이 모두 있기 때문이다. 그것은 에덴동산에서도, 그리스신화의 세계에서도, 한국 민담에서도, 러시아 민담에서도 다 마찬가지다. 금계의 선포는 브레몽이 말하는 것처럼 상반된 방향의 서사적 가능성을 창출하고 불확실성, 불안, 긴장을 초래한다. 최초의 인간은 선악과를 먹을 수도 있고 먹지 않을 수도 있다. 금계의 위반이 필연적인 법칙으로 여겨지는 세계가 있다면 그 세계에서는 처음부터 금계가 선포될 이유도 없을 것이고, 아담과 이브가 죄를 지을 수도 없을 것이다. 오르페우스가 뒤돌아본 걸 후회하고 에우리디케를 다시 잃은 비탄에 잠긴 것도 다 공연한 일에 지나지 않을 것이다. 프롭의 기능 연속체가 나타내는 담화 층위의 필연성을 스토리 층위에까지 적용하려 한다면, 그리하여 브레몽이 정립한 서사적 가능성의 도식을 프롭의 필연적 도식으로 대체하려 한다면, 스토리는 인물들의 행동 동기에서부터 앞뒤가 맞지 않는 부조리로 나타날 것이다. 스토리의 우연과 담화의 필연을 뒤섞어서는 안 된다. 미래를 알지 못한 채 기로에 서 있는 인물들의 감각과 이야기 담화 논리의 필연성을 따라가는 독자의 감각을 구별해야 한다.

우리는 프롭의 기능 연속체를 전반적으로 이런 식으로 읽어 볼 수 있다. 아리스토텔레스가 플롯을 시작과 중간과 끝을 가진 연속체로 정의한 것과 유사하게 프롭은 『민담 형태학』 마지막 장에서 자신이 31개 기능의 연속체로 제시한 민담 도식의 핵심을 다음과 같이 요약한다.

형태학적으로 민담은 가해(A) 또는 결핍(a)에서 중간 기능을 거쳐 결혼(W*) 또는 결말로서 작용하는 기타 기능에 이르는 모든 전개를 지칭할 수 있다.

_Propp 2005, 92

민담은 가해나 결핍으로 인해 조성된 부정적 상황과 이에 맞서는 반대 행위를 통해 결혼이나 보상과 같은 긍정적 결과에 이르는 과정이다. 최초의 안정된 상태가 한 번 깨지면서 혼란이 찾아오고 그것의 제거를 통해 결핍도 외부의 위협도 없는 새로운 안정 상태가 찾아온다. 민담은 질서-혼돈-질서의 원환 구조를 이룬다. 이 구조가 민담이라는 이야기 유형의 본질적 요소라면, 민담에서 이야기가 이렇게 진행되는 것은 필연이다. 민담에서는 반드시 한 번은 최초의 질서가 적대자의 가해를 통해서든 어떤 사건을 통해서든 깨어져야 하고, 또 반드시 한 번은 그렇게 깨어진 질서가 원상 복구되거나 새롭게 수립되어야 한다. 그 이유는 앞에서도 강조한 바와 같이 민담 속 이야기 세계 자체에 어떤 철의 법칙이 작동하기 때문이 아니다. 민담 속 인물들은 자신의 세계가 반드시 한 번 무너지게 되어 있다는 것을 알지 못한다. 그들은 도저히 어찌할 수 없는 필연의 세계 속에 있지 않기 때문에 의지에 따라 선택하고 결정하고 행동할 수 있다. 그들은 불행이 닥치지 않도록 사전에 노력을 기울일 수도 있다. 하지만 아무리 노력하더라도 불행은 일어난다. 그 불행은 이야기 속 인물들에게는 잘하면 일어나지 않았을 수 있는 어떤 우연의 작용으로 보이겠지만, 민담이 이야기 담화로서 그러한 진행을 따라야 한다는 점에서는 필연적이다.

『신데렐라』를 다시 생각해보자. 신데렐라의 어머니가 일찍 세상을 떠나고 얼마 지나지 않아 신데렐라의 아버지는 재혼한다. 그것은 어떤 재혼인가? 혹은 어떤 재혼이어야 하는가? 브레몽의 방식으로 생각한다면 다시 결혼하겠다는 아버지의 결심은 많은 서사적 가능성을 열어놓는다. 신데렐라의 계모는 친절하고 따뜻한 마음씨를 가진 여자일 수도 있고 냉혹하고 이기적인 여자일 수도 있다. 그리고 그 양극단 사이에 다양한 중간적 가능성이 있다. 첫 번째 경우라면 신데렐라의 가정은 큰 변화에도 불구하고 본래의 질서를 어느 정도는 유지할 테고 신데렐라도 예전과 같은 가족의 사랑과 보호 속에서 성장해갈 것이다. 신데렐라의 입장에서는 일이 그렇게 되는 편이 참으로 바람직할 것이다. 하지만 그런 평탄한 삶을 사는 신데렐라는 민담의 주인공이 되지는 못할 것이다. 민담의 기본 도식은 간단히 극복하기 어려운 악한의 가해행위나 결핍의 발생을 요구하기 때문이다. 그러므로 냉혹하고 이기적인 여자, 거기에 더하여 이전 결혼에서 낳은 본인의 친딸까지 데리고 있는 여자를 아버지가 재혼 상대로 고른 것은 신데렐라에게는 불행한 우연이지만 담화 층위에서 본다면 필연적인 결과다. 신데렐라의 아버지는 어떤 의미에서 그렇게 선택하지 않을 수 없도록 담화의 논리에 강요당한 것이다.

피해나 결핍이 발생하면 이를 극복하기 위한 주인공의 모험이 시작되며, 이 과정에서도 담화적 필연성의 논리가 관철된다. 프롭의 도식에 의하면 주인공은 그 과정에서 마법의 도구를 획득한다. 주인공에게 이 사건은 전혀 기대하지 않은 순간에 일어난다. 프롭은 주인공에게 마법의 도구를 선물하는 사람을 증여자라고 부르는데, 증여자는 대개 보기 흉한 난장이, 힘없는 노파의 모습으로 등장한다. 가짜 주인공들은 증여자를 무시하고 지나쳐버리지만, 주인공은 그들에게 친절을 베풀고 그런 선행에 대한 보답으로 뜻하지 않게 마법의 도구를 얻는다. 모험을 떠난 인간이 길에서 때마침 장차 결정적인 도움을 줄 사람과 마주치는 것은 마법담의 세계 속에서조차 개연적이지 않은 일로 취급된다. 그런 일이 일어날 가능성이 거의 없다고 여기기에 계산적인 가짜 주인공들은 증여자를 무시하고 순수한 인정을 가진 주인공만 그에게 친절을 베푸는 것이다. 그러나 담화 층위의 서사적 필연성은 주인공이 반드시 증여자를 만날 것이며 그 증여자에게 긍정적으로 응답할 것임을 예견하게 한다. 그래야만 주인공에게 악한과의 싸움에서 승리하고 과업을 완수할 가능성이 생겨나기 때문이다.

　물론 주인공의 입장에서는 마법의 도구를 획득한 뒤에도 승리나 성공은 아직 가능성의 영역에 남아 있다. 주인공은 적을 만나 승리할 수도 있고 패배할 수도 있다. 그러나 주인공의 패배나 실패는 민담의 독자가 기대하는 바가 아니다. 화자가 그 가능성을 선택한다면 민담은 더 이상 민담이 아닐 것이다. 프롭의 기능 연속체는 주인공의 승리와 과업 완수에 대한 보상, 즉 결혼으로 종결된다. 주인공은 반드시 승리하고 이에 대한 보상으로 행복에 이르게 되어 있다. 좀 더 정확히 말하면 민담의 화자는 반드시 주인공의 승리와 행복을 이야기해야 한다.

담화 문법의 역설: 지연된 필연성

프롭의 민담 도식은 모험을 떠난 주인공에게 뜻하지 않은 증여자까지 보내면서 결국에는 어김없이 승리와 행복을 안겨주지만, 역설적이게도 결말에 이르기까지 주인공의 길 위에 많은 장애와 난관을 세워두기도 한다. 우리는 물론 여기서 '결혼'(프롭의 기능 연속체 중 마지막 기능)으로 상징되는 성공과 행복의 성취가 그만큼 큰 어려움과 위험, 불확실성과 우연을 통과하지 않으면 얻어질 수 없는 것이라는 교훈을 끌어낼 수도 있을 것이다. 이렇게 해석할 경우 프롭의 도식은 곧 스토리의 도식이며 민담의 이야기 세계를 지배하는 어떤 법칙의 표현으로 나타난다. 그러나 같은 도식을 담화 층위의 도식으로 읽는 것도 가능하다. 담화의 도식은 주인공의 성공과 행복이라는 정해진 결말에 끌리는 것만큼이나 그 결말이 너무 빨리 닥쳐서는 안 된다는 압력, 이야기가 싱겁게 끝나버리지 않도록 결말에 이르는 과정을 충분히 지연시켜야 한다는 압력에도 영향받는다. 주인공이 성공으로 향하는 길 위에서 겪는 어려움은 삶의 교훈일 뿐만 아니라 충분한 시간 동안 다채로운 이야기의 진행을 즐기고자 하는 독자의 기대에 부응하는 담화적 전략이기도 한 것이다.

그러므로 신데렐라에게 구원의 가능성이 조금씩 열릴 때마다 늘 그것의 실현을 방해하고 지연시키는 요소가 함께 나타나는 것은 놀라운 일이 아니다. 궁정에서 날아든 무도회 초대장은 신데렐라에게 새로운 행복의 가능성을 열어주지만, 계모와 의붓언니들은 신데렐라를 따돌리면서 자기네만 화려하게 차려입고 무도회에 가버린다. 신데렐라는 무도회에 가고 싶어도 입고 갈 옷이 없어서 가지 못하는 처지가 된다. 이때 신데렐라의 대모인 요정이 나타나 그 문제를 해결해주기는 한다. 그런데 여기에도 심각한 제한이 따른다. 요정의 마법은 밤 12시까지만 유효하다는 것이다. 그 때문에 신데렐라는 만인의 주목을 받고 왕자의 관심을 독차지했으면서도 정해진 시간이 되자 황급히 달아나버릴 수밖에 없다. 초라한 모습으로 집에 돌아온 신데렐라는 계모와 언니들에게 자신이 무도회에서 경탄의 대상이 된 아가씨라는 사실을 숨긴다. 다행히 도망갈 때 벗겨진 유리 구두가 단서가 되어 신데렐라의 진정한 정체가 드러나고 요정이 나타나 다시 신데렐라를 화려하게 만들어준다. 신데렐라는 왕자와 결혼한다.

요정은 어차피 신데렐라의 구원을 가져올 작정이었으면서 왜 마법에 밤 12시라는 기한을 걸어서 상황을 더 복잡하게 만든 것인가? 그 조건의 의의는 무엇보다도 신데렐라가 최종적 행복에 이르는 도정에서 하나의 관문을 더 거치게 하는 데 있다. 밤 12시라는 시간 제한으로 인해 결말이 지연되고 그 덕에 신데렐라의 정체가 숨겨졌다가 밝혀지는 비밀 발견의 드라마가 펼쳐질 수 있는 여유 공간이 생겨난다. 그것은 프롭의 도식에서 '주인공에게 표지가 주어진다(기능 17: 신데렐라가 유리 구두를 흘리고 간 것)' '주인공에게 어려운 과제가 주어진다(기능 25: 유리 구두 신어보기)' '과제가 해결된다(기능 26: 구두가 발에 꼭 맞음)' '주인공이 인지된다(기능 27)' '가짜 주인공, 또는 적, 또는 가해자가 폭로된다(기능 28)' '주인공이 새로운 모습을 획득한다(기능 29)'와 같은 기능의 연쇄로 이루어진 드라마다. 마법의 시간 제한은 바로 프롭 도식의 마지막 에피소드, 그레마스가 영광의 시험^{epreuve glorifiante}(Greimas 1966, 197)이라고 부른 에피소드를 구현하기 위해 도입된 담화적 장치다.

이상의 고찰에서 우리는 왜 프롭의 민담 도식이 31개라는, 상당히 많은 수의 기능으로 구성되는지, 문제를 발생시키는 기능과 문제를 최종적으로 해결하는 기능 사이에 왜 그렇게 많은 중간 단계의 기능들이 삽입되는지, 왜 주인공은 승리한 뒤에도 어떤 표지를 받아야 하는지, 왜 신원을 숨긴 채 고향에 돌아와서 자신의 진정한 정체성을 증명하는 시험에 통과해야 하는지를 이해할 수 있을 것이다.

바로 이러한 지연의 원리를 슈클로프스키 역시 「슈제트 구성」에 관한 논문에서 이야기한다.

왜 리어 왕은 켄트를 알아보지 못하는가? 왜 켄트와 리어왕은 에드가를 알아보지 못하는가? […] 왜 메난드로스, 플라우투스, 테렌티우스의 극작품에서 인지는 마지막 막에서 비로소 일어나는가? 관객은 서로 싸우는 인물들 사이의 혈연관계를 이미 짐작하고, 때로는 작가가 직접 서문에서 이를 암시하기도 하는데 말이다. […] 뒤엉킨 길, 발에 돌들이 밟히는 길, 출발점으로 돌아가는 길―그것이 예술의 길이다.

_Shklovsky 1991, 15

이처럼 쉽게 앞으로 나아갈 수 없는 험한 길, 단계마다 장애물이 있어 도착을 지연시키는 길, 때로 목표 지점에서 멀어지게 하는 길, 그것은 예술의 길이며 슈제트의 길이다. 슈클로프스키가 말하는 슈제트 혹은 담화의 문법으로서의 지연은 주인공의 인지가 거의 마지막 자리를 차지하는(기능 27번) 프롭의 기능 연속체에도 그대로 반영되어 있다. 프롭의 민담 형태학이 파불라보다는 슈제트, 스토리보다는 담화의 이론이라는 것은 여기서도 다시 한번 확인된다.

요컨대 프롭의 민담 형태학은 마법담 담화의 진행 과정을 추상화하고 도식화하여 이 장르 전체에 적용 가능하게 구성한 담화의 문법이다. 이러한 관점에서는 스토리도 거의 독립성을 잃고 담화의 지배 아래 놓여 있는 것처럼 보인다. 개별 민담은 장르의 문법에 따라 특정한 구조의 담화를 구현하기 위해 스토리 층위에서 그것에 부합하는 인물과 행위와 사건을 생성해낸다. 마치 신탁의

덪에 빠져 의지와 관계없이 예정된 운명을 향해 나아가는 신화 속 인물들처럼, 민담 속의 인물들 역시 담화의 문법이 요구하는 행동을 늘 어김없이 수행한다. 흰 밀가루를 바른 늑대의 앞발과 계란을 먹고 곱게 꾸민 늑대의 목소리에 속아 넘어가는 순진한 막내 염소는 낯선 자에게 문을 열어주지 말라는 금계가 깨진다는 민담의 법칙을 실현하는 필연적 존재다. 담화가 스토리를 결정한다. 슈클로프스키는 이를 다음과 같이 표현한다. "형식은 자신의 내용을 창출한다."(Shklovsky 1991, 24) 이 명제는 현재의 문맥에서 다음과 같이 고쳐 말할 수 있을 것이다. 슈제트는 자신의 파불라를 창출한다. 담화는 자신의 스토리를 창출한다.

그런데 여기서 한 가지 의문이 제기될 수 있다. 볼프 슈미트의 발생론적 모델에서 이를 비판적으로 계승한 코드화의 이론에 이르기까지 스토리가 담화에 우선한다는 것은 암묵적으로 주어진 당연한 전제다. 즉 스토리가 먼저 있고, 일정한 코드화 작업을 통해 스토리에서 담화가 생성된다는 것이다. 이러한 논리에 따르면 스토리가 담화를 결정한다고 말해야 할 것이다. 그런데 이 명제는 담화가 스토리를 산출한다는 슈클로프스키의 주장과 정면으로 충돌하는 것처럼 보인다. 과연 어느 쪽이 옳은가?

하지만 스토리가 담화를 결정한다는 명제와 담화가 스토리를 결정한다는 명제가 양립 불가능한 것은 아니다. 역설적으로 들리겠지만 스토리는 담화를 결정하기 때문에 담화의 지배를 받는다고 말할 수도 있다. 궁극적으로 담화를 생산하는 주체는 화자다.

그런데 스토리가 담화의 행방을 상당한 정도로 좌우하는 까닭에, 화자는 자신이 원하는 담화를 구성하기 위해 스토리에 의지하게 된다. 프롭의 형태학에서처럼 하나의 장르 전체가 확고한 담화의 문법을 따르는 경우에도 그러한 장르적 담화의 문법은 스토리를 매개로 하여 관철된다. 그것이 바로 담화가 스토리를 결정하고 산출한다는 말의 의미다.

스토리와 담화 사이의 이러한 상호 결정 관계를 구체적인 예를 통해서 살펴보기로 하자. 페로의 동화「신데렐라」에서 왕궁의 무도회는 이틀간 개최되고 신데렐라의 언니들뿐만 아니라 신데렐라도 이틀 저녁 연속으로 무도회에 참석한다. 이에 따라 비슷한 과정이 반복된다. 멋지게 차려입은 공주 같은 미지의 숙녀가 홀연히 나타나자, 사람들은 그 아름다움에 감탄하고, 왕자의 관심도 온통 그녀에게만 쏠린다. 그러나 신비로운 숙녀는 자정 무렵 자리를 떠나 버린다. 신데렐라는 집에 먼저 와서 본래의 초라한 차림으로 언니들을 맞이한다. 그들은 무도회의 아름다운 숙녀에 대해 대화를 나눈다. 언니들은 바로 그 숙녀가 눈앞에 있다는 것은 상상도 하지 못한 채, 무도회에서 만난 숙녀가 얼마나 아름다웠는지, 왕자가 어떻게 그녀에게 반했는지 이야기해준다. 화자는 대체로 이런 내용의 이야기를 두 번 반복한다.

물론 첫날 저녁의 일이 둘째 날 저녁의 일과 완전히 똑같을 수 없기 때문에 화자의 이야기도 반복과 함께 변화한다. 가장 중요한 변화는 신데렐라가 무도회를 떠나는 부분에서 일어난다. 신데렐라는 첫날 저녁에 대모가 일러준 대로 시간을 잘 지켜서 자신의 정체를 완벽하게 숨기고 집으로 돌아오는 데 성공한다. 자정 15분 전에 안전하게 자리에서 일어나 마법의 효력이 사라지는 것을 그 누구도 보지 못하게 한 것이다. 그러나 둘째 날 저녁에는 실수를 저지른다. 그녀는 시간 가는 줄 모르고 있다가 자정을 알리는 시계 소리에 깜짝 놀라 황급히 도망친다. 그 바람에 구두 한 짝을 흘리고, 왕궁 문을 나설 땐 이미 초라한 행색의 평민 소녀 모습으로 돌아와 경비대원들에게 목격된다. 이 실수 때문에 하마터면 무도회장에서 망신을 당할 뻔했지만, 그래도 간신히 자신의 정체를 숨기고 집으로 돌아오기는 한다.

프롭의 도식을 대입해보면, 무도회의 반복 때문에 신데렐라는 두 차례 비밀리의 귀환(기능 23)을 하는 셈이다. 그러나 첫 번째 '비밀리의 귀환'은 온전한 것이 못 된다. 왜냐하면 주인공으로서의 정체성을 숨기고 집에 돌아오는 것이 프롭의 마법담 도식에서와 같은 의미를 가지려면 그 이전에 주인공에게 표지가 주어져야 하기 때문이다(기능 17). 신데렐라는 첫날 저녁에는 아직 그 표지를 받지 못한다. 그래서 첫날의 무도회만으로는 나중에 주인공으로서 발견될 수 없다. 신데렐라가 자신의 정체성을 증명할 수 있는 표지를 얻는 것은 둘째 날 저녁의 실수, 즉 유리 구두를 흘린 실수 덕분이다. 그래서 두 번째 '비밀리의 귀환'이야말로 진정 프롭 도식의 23번째 기능에 부합하는 것이다.

신데렐라는 왕자의 사랑을 얻는 과정에서 두 번의 시도를 반복한다. 첫 번째 시도에서 그녀는 대모가 일러준 시나리오를 완벽하게 실행하지만 이는 프롭의 도식에 비추어보면 불완전한 것이고, 두 번째 시도는 정해진 코스에서 살짝 이탈하지만 그것이야말로 프롭의 도식의 완벽한 실현이 된다. 역설적이게도 스토리 층위에서의 완전성은 담화 층위에서의 불완전성으로, 반면 스토리 층위에서의 불완전성은 담화 층위에서의 완전성으로 나타난다.

프롭의 도식을 기준으로 할 때 신데렐라의 첫 번째 시도는 잉여적이다. 첫날 저녁의 에피소드가 없더라도 이야기는 본질적으로 달라지지 않을 것이다. 신데렐라는 한 번의 등장으로 이미 왕자의 마음을 사로잡았으니, 신데렐라가 첫날 밤 바로 시간을 잊고 유리 구두를 흘리기만 했다면, 일은 역시 우리가 알고 있는 대로 진행되었을 것이다. 월트 디즈니는 원작의 각색 과정에서 그런 불필요한 부분을 지워버린다. 디즈니 버전 〈신데렐라〉에서 무도회 사건은 하룻저녁의 일로 그려진다.

하지만 신데렐라의 첫 번째 시도가 프롭의 민담 도식을 온전히 실현하지 못한다고 해서 그것을 정말 아무런 기능도 없는 잉여적 부분으로 간주할 수는 없다. 프롭도 민담에서 흔히 발견되는 다양한 반복 현상에 대해 언급한 바 있다. 특히 민담에서 전형적인 것은 3중화다. 주인공이 세 가지 유사한 과제, 혹은 갈수록 점점 어려워지는 과제를 차례로 수행하는 경우, 처음 두 번의 도전에 실패했다가 마지막 과제 수행에 성공하는 경우, 행위가 기계적으로 세 번 반복되는 경우, 주인공이 증여자에게서 마법의 도구를 받는데

두 번은 쓸모없는 것을 받고 세 번째 가서야 제대로 된 것을 받는 경우 등등.(Propp 2005, 74-75) 페로의 『신데렐라』에서 주인공의 도전은 두 차례 반복에 그치지만 이는 3중화에서의 반복 현상과 본질적으로 다른 것이 아니다.[30]

그렇다면 민담은 왜 반복을 선호하는가? 우리는 이미 프롭의 민담 도식 자체가 많은 중간 단계의 삽입으로 주인공의 성공과 행복이라는 필연적 결말을 지연시키려는 경향이 있음을 확인하였지만, 반복은 이 경향을 더욱 강화한다. 반복이 추가될 때마다 담화의 진행은 지체된다. 하나의 단계에서 바로 다음으로 넘어가지 못하고 같은 행동이 세 번 반복된다면, 이는 하나의 단계를 세 개의 단계로 늘리는 것과 같은 효과를 낸다. 반복은 서사적 긴장을 약화시키는 담화의 필연성을 보완하는 장치로 기능한다. 프롭의 도식에 따르면 주인공은 반드시 마법의 도구를 받게 되어 있다. 그러나 이반은 처음 두 번은 진짜 마법의 도구를 받지 못하고 세 번째에 가서야 제대로 된 마법의 도구를 손에 넣는다.(Propp 2005, 74) 이야기는 이런 방식으로 담화의 문법에 따라 확고한 필연성의 틀을 유지하면서도 그 안에 불확실성의 요소를 심어 넣을 수 있다. 이반은

---

30) 그림 형제의 『신데렐라(Aschenputtel)』에서 무도회는 3일간 열리고 신데렐라는 세 번 무도회에 참석한다. 페로 판본의 경우에도 3중화로 읽을 수 있는 가능성은 열려 있다. 대모는 첫날 저녁에도 신데렐라에게 아름다운 옷을 입혀주지만 둘째 날 저녁의 옷은 더 아름답다. 마지막으로 신데렐라가 유리 구두를 신어서 자신이 무도회의 아름다운 숙녀임을 입증했을 때 대모가 나타나서 지금까지보다 더 아름다운 옷으로 신데렐라를 꾸며준다. 민담의 3중화에서 흔히 볼 수 있는 점층적 구조가 여기서도 나타난다.

반드시 마법의 도구를 손에 넣을 것이다. 그러나 그것이 이번이 될지는 불확실하다. 신데렐라의 반복 시도 역시 같은 기능을 수행한다. 그것은 왕자와의 결혼으로 나아가는 담화의 진행을 지연시키면서 불확실성과 긴장을 강화한다.

신데렐라의 반복은 물론 행위의 반복, 스토리 층위의 반복이다. 그런데 이 반복으로 인해 담화에서도 반복이 일어난다. 즉 화자는 비슷한 이야기를 두 번 해야 한다. 스토리가 담화를 결정하기에 스토리 속의 반복은 담화를 연장하고, 이에 따라 독자의 입장에서는 이야기의 결말에 이르는 순간이 늦추어진다. 그만큼 늘어난 담화적 과정에서 독자는 수사학적 반복법의 유희, 반복과 변주가 촉발하는 기대와 그것의 충족 내지 어긋남의 놀이를 즐긴다. 그런 의미에서 스토리는 담화 생성의 도구이며 수사법적 수단이다.

다만 스토리와 담화 사이의 긴밀한 기능적 연동 관계를 근거로 스토리의 의미를 일정한 형식의 담화를 산출하기 위한 수단으로 환원하거나 담화에 대해 독립적인 스토리 층위 자체의 고유한 질서와 의미를 아예 부정하는 오류를 범해서는 안 될 것이다. 어떤 측면에서 스토리와 담화는 수단과 목적으로 결합되어 있다. 그러나 그것이 스토리와 담화의 관계의 전부는 아니다.

스토리를 담화로, 파불라를 슈제트로 환원하는 입장의 문제점은 슈클로프스키의 논의에서 잘 드러난다. 이미 살펴본 것처럼 그에게 파불라는 슈제트 구성에 기여하는 한에서만 의미를 지닌다. 파불라는 슈제트라는 예술적 장치를 정당화하기 위한 재료일 뿐이다. 그는 재료가 장치를 동기화한다고 말한다. 이 논리를 신데렐라 이야기에 적용하면, 마법의 시간제한이라는 모티브는 슈제트 장치인 '은밀한 귀환'(프롭의 기능 23번)을 위한 동기화다. 마법의 효력이 풀리는 바람에 신데렐라와 아름다운 무도회의 숙녀 사이의 동일성이 은폐되기 때문이다. 그런데 다른 이야기에서는 이와는 반대되는 파불라적 요소가 주인공의 정체를 숨겨서 영광의 시험을 동기화하는 역할을 맡기도 한다. 호메로스의『오디세이아』에서 아테네 여신은 고향 이타카에 돌아온 오디세우스를 사람들이 알아보지 못하게 늙은 거지의 모습으로 변신시킨다. 비밀리의 귀환은 때로는 마법의 힘으로, 때로는 마법이 풀리는 바람에 실현된다.

　　슈클로프스키의 슈제트 중심주의에 따르면 아테네 여신이 발휘한 마법의 효력과 요정이 선물한 마법 도구의 무효화는 슈제트 속에서 동일한 기능을 수행하기 때문에 완전한 등가 관계를 이룬다. 그러나 내용적으로 상이한 파불라적 요소가 동일한 슈제트 장치를 구현하는 데 사용될 수 있다는 사실은 역으로 슈제트가 파불라를 완전히 결정하지는 못한다는 의미로 해석할 수도 있다. 형식주의자 슈클로프스키는 시에서 단어가 의미 때문이 아니라 특정한 리듬을 구현하기 위해 선택된다고 말하지만, 그 리듬을 실현할 수 있는 단어가 단 하나밖에 없는 것이 아닌 한, 특정한 단어의 선택이 리듬의 요구만으로 완전히 설명되지는 않는다.[31] 이와 마찬

31) 슈클로프스키는『패러디로서의 소설』에서 다음과 같이 말한다. "예술에서 피

가지로 슈제트의 논리 혹은 담화의 문법이 스토리에 상당한 영향을 주는 것은 사실이지만 그것만으로 스토리가 완전히 결정된다고 할 수는 없다.

이 맥락에서 『신데렐라』와 『오디세이아』의 비교를 이어가보자. 신데렐라와 오디세우스는 모두 비밀리에 돌아오는 까닭에 담화의 필연적 문법에 따라 그들의 최종 운명은 영광의 시험을 통해 결정된다. 두 이야기를 이루는 '재료'가 아무리 동떨어져 보이더라도 그 상이한 재료들은 하나의 단일한 문법을 실현하기 위해 사용되고 있다.

그렇다면 슈클로프스키가 생각하는 것처럼 재료의 차이는 아무 의미도 없는 것일까? 신데렐라에서 주인공은 가짜 주인공들(의붓언니들)과 유리 구두 신기를 두고 경쟁한다. 작고 예쁜 구두에 발이 꼭 맞는 사람이 승자가 된다. 신데렐라의 언니들은 발이 너무 크기 때문에 구두 신기에 실패한다. 신데렐라의 작은 발만이 꼭 들어맞는다. 『오디세이아』에서는 오디세우스의 아내 페넬로페가 영광의 시험을 부과한다. 페넬로페는 죽은 것으로 여겨지는 오디세우스의 자리를 차지하려고 몰려와 있는 구혼자들에게 오디세우스가 쓰던 활을 사용하여 9개의 도끼날 구멍에 화살을 관통시킬 수 있는 자와 결혼하겠다고 선언한다. 구혼자들은 실패하고, 오디세

는 피비린내가 나지 않고, 비와 운을 이룬다. 피는 소리 구성의 재료이거나 이미지 구성의 재료다."(Šklovskij 1994, 275) 슈클로프스키는 파불라와 슈제트의 관계를 재료로서의 단어와 소리 구성 사이의 관계에 비유한다.

우스만이 페넬로페의 시험을 통과하여 자신의 귀환을 알린다. 신데렐라의 시험과 오디세우스의 시험이 담화 구조 내에서 완전히 동일한 기능을 충족시킨다 해도 양자 사이의 현격한 내용 차이를 무시할 수 있는 것은 아니다. 두 시험 사이의 극명한 대조는 가부장적 지배 질서 속에서 이상적인 남성과 여성의 가치가 어떻게 규정되는지를 잘 보여준다. 동일한 서사 도식은 주인공의 성별에 따라 완전히 다른 의미론적 내용으로 채워지고, 그 특수한 내용을 통해 세계의 지배 질서를 환기한다. 이때 주인공의 성공과 행복으로 귀결되는 담화의 문법은 특정한 가치와 권력 질서에 지배되는 이야기 세계를 구성하고 전파하는 도구로 사용된다고 말할 수도 있을 것이다. 이는 스토리가 일정한 형식의 담화를 구성하기 위한 도구라는 슈클로프스키적 입장과 정반대되는 주장이다.

둘 중 어느 쪽이 맞고 어느 쪽이 틀리다고 할 수는 없다. 어느 쪽 입장이든 보기에 따라서는 일리가 있기 때문이다. 미하일 바흐친이 예술 속에서 피는 피비린내가 나지 않으며 비와 운을 이룰 뿐이라는 슈클로프스키의 일방적 주장을 비판하면서 지적하듯이, 시에서는 운을 맞추기 위해서 어떤 단어가 선택되었다고 할 수도 있지만, 그 단어가 뜻하는 바를 표현하기 위해 운이 선택되었다고 할 수도 있는 것이다. 양쪽의 논리가 모두 성립하는 것은 담화가 스토리를 일정한 코드에 따라 전달 가능하게 만든 변환 작업의 결과물인 동시에 그 자체로 고유한 질서, 고유한 문법을 형성하기도 하기 때문이다. 이는 시에서 소리가 언어적 코드를 통한 뜻의 변환인 동시에 소리 자체의 질서, 즉 운율을 만들어내는 것과 같다.[32] 이처럼 코드적으로 연동된 두 층위가 각자의 질서를 형성하기 때문에 어떤 층위의 질서를 더 근본적인 것으로 볼 것인가의 문제가 발생한다. 스토리의 질서가 더 중요한 것으로 간주되면 담화는 그것을 표현하기 위한 수단이 되고 담화가 더 근본적이라면 스토리는 그것을 정당화하는 수단으로 보일 것이다. 어떤 의미에서 그것은 해석의 문제다.

파불라와 슈제트의 관계에 대한 형식주의적 이론에서 핵심적 역할을 하는 동기화라는 개념 자체가 이미 일정한 해석을 전제로 하고 있다. 동기화란 파불라가 구실이 되어 슈제트 구성의 예술적 장치로서의 성격이 작위적인 것으로 느껴지지 않게 한다는 것을 의미한다. 그럴 수 있는 것은 파불라가 적어도 표면적으로는 슈제트 구성의 수단으로만 볼 수 없는 고유한 내용을 가지고 있기 때문이다. 일상적인 삶에서조차 누군가가 어떤 행동을 진심으로 하는 것인지 다른 목적을 위한 구실로 하는 것인지는 해석의 문제가 될 때가 많다. 하물며 어떤 작품 속에서 파불라의 내용이 목적인지, 그 내용이 일정한 슈제트 구성을 위한 구실인지를 판단하는 것은 화자의 의도에 대한 복합적인 해석을 필요로 한다. 화자는 대부분의 경우에 두 가지 목적을 다 추구한다고 할 수 있을 것이다.

32) 산문에서 소리는 뜻의 코드화의 결과일 뿐이다. 극단적으로 말하면, 소리는 그 자체로는 아무 규칙도 질서도 만들지 않으며 언어적 코드의 해독을 통해 이와 연계된 뜻이 모습을 드러내는 한에서만 유의미하게 된다. 여기서는 이중의 질서가 나타나지 않는다.

5

사태에서 스토리로:
구성의 시학

스토리: 코드화와 구성 사이에서

지금까지 3개 장에 걸쳐서 이야기를 구성하는 두 층위, 담화와 스토리의 관계에 대해 살펴보았다. 스토리는 일정한 코드화를 통해 담화로 변환되고, 담화는 이야기 독자에게 해독되어 스토리로 역변환된다. 이 과정은 스토리에서 출발하여 스토리로 끝난다. 스토리가 출발이자 목표 지점이고 담화는 스토리 전달의 매개체다. 그것이 2장에서 고찰한 내용이다. 반면 3장과 4장에서는 아리스토텔레스의 플롯 이론과 프롭의 민담 형태학에 대한 분석을 통해 어떻게 담화의 문법이 스토리에 영향을 주는지, 어떻게 일정한 형식의 담화를 구성하기 위해 스토리가 활용되는지를 논의하였다. 이때는 담화가 과정의 처음과 끝에 있고 스토리가 그 사이를 매개하는 것으로 나타난다.

지금까지 논의한 것이 이야기의 계층 구조 안에서 스토리 층위와 담화 층위의 관계에 관한 문제였다면, 이 장에서는 이야기 이전의 재료가 어떤 가공과 변형을 거쳐 이야기로 만들어지는가 하는 문제에 대해 본격적으로 논의해보고자 한다. 그중에서도 특히 볼프 슈미트의 모델에서 사태의 스토리로의 변환으로 기술된 과정과 그 과정에서 이루어지는 선별과 의미 부여와 같은 서사 작업이 어떤 성격을 지니는지에 대해 고찰해볼 것이다.

제1장의 논의에서 본 것처럼 볼프 슈미트의 층위론은 이야기의 구성 과정을 사태에서 출발하여 내러티브 현시에 이르는 일련의 변환 과정 혹은 발생론적 과정으로 이해한다. 사태는 우선 스토리로 변환되고 스토리는 내러티브로, 내러티브는 다시 내러티브 현시로 변환된다. 내러티브와 내러티브 현시를 모두 담화 개념으로 아우른다면 서사 구성은 '사태→스토리→담화'의 3단계 과정으로 정리할 수 있다. 그러한 3단계 변환의 모델을 제시한 것은 바로 볼프 슈미트에게 발생론적 층위론의 영감을 준 슈티얼레다.

슈티얼레-슈미트 모델의 문제점은 무엇보다도 사태-스토리 변환과 스토리-담화 변환 사이의 근본적인 차이를 무시하고 각각을 전체적으로 동질적인 발생론적 과정의 특수한 구간 정도로 간주한 데 있다. 슈티얼레와 슈미트는 스토리-담화 변환과 사태-스토리 변환을 모두 코드적이고 기호학적인 의미로 해석한다.(각주 16 참조) 슈미트에 따르면 담화(정확히 슈미트의 용어로 말하면 내러티브)는 스토리의 기표고, 스토리는 사태의 기표다. 슈티얼레 역시 담화(그의 용어로는 텍스트)를 해독하면 스토리가 나타나고, 스토리를 해독하면 사태가 나타난다고 주장한다. 그러나 서사 층위 내지 서사 구성 단계에 대한 기호학적 해석은 스토리-담화 관계에만 적용할 수 있는 것이다. 이와 달리 사태와 스토리의 관계는 기호학적

패러다임에서 벗어날 때 비로소 적합하게 인식할 수 있다. 사태-스토리 변환에 대한 이론은 사태와 스토리, 양자 관계의 비코드적·비기호학적 본질을 이해하는 데서 출발해야 한다.

사태와 스토리의 관계는 재료와 그 가공물 사이의 관계다. 가공은 재료를 변형하고 변질시키는 작업이다. 볼프 슈미트에 따르면 스토리에는 사태의 극히 일부만이 선택 수용되고 사태 자체에 없던 어떤 의미나 형태가 부여된다. 스토리는 사태의 상당 부분을 배제하고 사태 자체에 없는 것을 투여하여 만들어지는 것이기에 사태와 스토리 사이에 일정한 코드를 매개로 한 상응 관계는 성립하지 않는다. 스토리의 코드를 해독한다고 하여 사태가 나타나지는 않는다. 스토리가 사태의 코드화가 아니기 때문에 스토리의 코드를 풀어서 사태를 복원할 수는 없다. 사태를 스토리로 변환하는 것은 스토리-담화 변환과는 달리 코드 해독을 통한 역변환을 예정한 작업이 아니다. 사태는 스토리로 가공되고, 스토리 속에 소진된다. 화자가 전달하려는 것은 스토리일 뿐, 의미 부여도 되지 않고 선별되지도 않은 무작위적 데이터의 더미로 나타나는 사태가 아니다. 스토리는 사태로 가기 위한 매개체가 아니다.

사태가 재료에 지나지 않고 그것을 일정한 선택과 의미화 작업을 통해 가공해낸 결과물이 스토리라면, 사태와 스토리의 관계에 대해서는 다음과 같이 말할 수 있을 것이다. 동일한 재료가 가공 방법에 따라 얼마든지 다른 제품으로 완성되듯이, 하나의 사태역시 이에 대해 어떤 선별과 의미화 작업이 이루어지느냐에 따라 다양한 스토리로 만들어질 수 있다. 동일한 사태에서 양립할 수 없는 상반된 스토리가 생겨나는 것도 결코 드문 일이 아니다.

그런데 사태와 스토리 사이에서 발견되는 이러한 관계의 양상(사태의 단일성과 스토리의 다양성)은 스토리와 담화의 관계에서도 유사하게 나타나는 것처럼 보인다. 하나의 사태가 다양한 스토리를 산출할 수 있듯이, 동일한 스토리도 다양한 담화로 변환될 수 있기 때문이다. 우리는 제2장에서 스토리가 느슨한 코드화를 통해서 담화로 변환된다는 것, 그리하여 주어진 담화와는 다른 담화로 변환될 가능성을 향해 열려 있다는 것, 코드가 미메시스적인가 시점적인가에 따라 변환의 결과가 달라진다는 것 등을 확인하였다. 그러나 동일한 사태가 다양한 스토리로 가공될 수 있다는 명제와 동일한 스토리가 다양한 담화로 코드화될 수 있다는 명제 사이에는 근본적인 의미 차이가 있다. 그 차이는 재료의 가공과 코드화 사이의 거리에서 온다.

동일한 스토리가 다양한 담화로 코드화될 수 있다는 명제는 역으로 다양한 담화가 독자의 해독 작업을 통해 그 특수성과 차이를 상실하고 다시 동일한 스토리로 역변환될 수 있다는 것을 의미한다. 그러나 재료의 가공을 통한 변환에서는 이러한 역변환 과정이 일어나지 않는다. 즉 하나의 사태가 상이한 여러 스토리로 가공될 때 그렇게 가공된 여러 스토리는 본래의 단일한 사태로 귀환하지 않는다. 가공의 과정에서 사태의 동일성은 다양한 방식의 선택, 변형, 의미화 등의 서사 작업을 통해 소실되고 결국 남는 것은 다양한—때로는 양립 불가능하고 이질적인—스토리들의 분열 상태뿐이다.

다양한—때로는 양립 불가능하고 이질적인—스토리들의 분열 상태뿐이다.

시점과 초점

스토리를 담화로 코드화하는 작업과 사태를 스토리로 가공하는 작업을 정확히 구별하고 이에 근거하여 스토리를 기준으로 본 담화의 다양성과 사태를 기준으로 본 스토리의 다양성 사이의 차이를 이해하는 것은 서사학에서 대단히 중요하면서도 매우 다의적이고 모호한 범주로 남아 있는 '시점' 범주에 대한 이론적 논의를 위해서도 큰 의미를 지닌다.

볼프 슈미트는 전통적인 서사학이 시점화를 스토리에서 담화로의 변환 과정에서 일어나는 현상으로 간주해왔지만, 이미 스토리가 시점화의 산물이라고 주장한다. "시점 없는 스토리는 없다."고 그는 간명하게 말한다. 여기서 그가 스토리의 시점이라고 부르는 것은 사태의 가공 과정, 무한한 사태에서 일부를 선별하여 일정한 의미 부여를 통해 스토리를 구성하는 작업에 영향을 미치는 주관성 자체를 의미한다.

서술적 시점화에서 완전히 자유로운 것은 어떤 한계도 형태도

없는 사태뿐이다. 스토리 구성의 최초 단계로서 사태의 계기들
과 그 속성들에서 일부를 선별하는 작업이 이루어지는바, 모든
선별은 이미 하나의 시점을 전제한다.

_Schmid 2014, 227

사태를 스토리로 만드는 가장 핵심적인 서사 작업이 선별이
고 선별에는 필연적으로 시점이 전제되기 때문에, 시점은 사태에
대한 가공을 통해 구성되는 스토리에 지울 수 없는 족적을 남긴다.
그런 의미에서 사태에서 스토리로의 변환은 사태의 시점화라고
부를 수도 있을 것이다.

그러나 슈미트는 스토리가 담화로 변환되는 과정에 시점이
중요한 역할을 한다는 전통적 서사학의 가정을 전면적으로 부정
하지는 않는다. 그가 "시점에서 완전히 자유로운 것은 어떤 한계도
형태도 없는 사태뿐"이라고 말하는 것은 사태-스토리 변환뿐만
아니라 스토리-담화 변환(그의 4층위론에 의하면 스토리-내러티브 변환
과 내러티브-내러티브 현시 변환)에도 시점이 작용한다고 보기 때문이
다. 즉 슈미트는 서사 구성의 과정에 이루어지는 모든 변환 작업에
시점이 두루 개입한다고 주장한다.(Schmid 2014, 227) 여기에는 다
음과 같은 전제가 깔려 있다. 하나의 사태가 단 하나의 스토리로만
변환되어야 할 필연성이 없고 하나의 스토리가 단 하나의 담화로
만 변환되어야 할 필연성이 없다면, 모든 스토리와 담화는 어느 정
도는 우연적이고 특수한 것이며, 그러한 우연성과 특수성은 무엇

보다도 이야기를 구성하기 위해 서사 작업을 수행하는 주체의 주관적 요인과 관련이 있다.

사태에서 스토리로의 변환 과정과 스토리에서 담화로의 변환 과정을 서사적 구성의 연속적이고 동질적인 단계로 보는 슈미트의 관점은 시점의 작용에 대한 그의 견해에도 그대로 드러난다. 그는 동질적인 시점적 작용이 사태-스토리 변환에도, 스토리-담화 변환에도 영향을 미칠 수 있다고 가정한다. 그러나 사태를 스토리로 가공하는 시점과, 스토리를 담화로 코드화하는 시점은 근본적으로 상이한 메커니즘에 따라 작동한다. 재료의 가공 구성과 코드화를 정확히 구별해야 하는 이유는 무엇보다도 시점의 문제에서 가장 뚜렷하게 드러난다.

이와 관련하여 우선 제2장에서 스토리를 단선화하여 담화로 변환하는 코드 가운데 하나로 언급한 시점을 상기할 필요가 있다. 그것은 이야기되는 사건 자체의 흐름 대신 그것에 대한 한 등장인물의 지각, 관찰, 경험 과정을 담화 층위의 정렬 기준으로 삼는 코드화의 방식이다. 이때 담화의 순서는 스토리 층위의 순서, 즉 사건들 사이의 시간적-인과적 순서에서 상당히 크게 이탈하지만, 독자는 담화를 해독하여 스토리로 역변환하면서 사건들의 순서를 복원한다. 이때 스토리에서 담화로의 코드화를 시점화라고 한다면, 탈코드화, 즉 코드 해독을 통해 스토리 층위의 순서를 복원하는 것을 탈시점화라고 할 수 있다.

코드화의 전제는 독자가 코드를 이해한다는 것이다. 그래야만 독자는 코드를 해독하고(탈코드화) 담화를 코드화 이전 상태, 즉 스토리로 역변환할 수 있다. 동일한 논리는 시점화에도 적용된다. 코드화로서의 시점화가 유의미하게 작동하려면 독자는 담화가 일정한 시점을 중심으로 코드화된 것임을 인식하고 시점적 요인을 통해 변형된 부분을 제거하여 시점화 이전의 스토리를 복원할 수 있어야 한다. 코드화하고 시점화하는 담화의 주체, 즉 화자는 독자 쪽에서 일어날 탈코드화, 탈시점화의 반응을 예상하면서 이 작업을 수행하는 것이다.

반면 ‘시점이 없는 스토리는 없다’라는 슈미트의 명제 속에 등장하는 시점은 이러한 코드화의 원리로 작용하지 않는다. 사태를 가공하여 스토리로 구성하는 화자에게는 독자가 가공과 구성의 과정에 개입된 시점의 작용을 의식하고 이를 다시 해체하여 시점화 이전의, 아직 어떤 시점을 통한 변형도 없는 순수한 객관으로서의 사태에 도달하게 하려는 의도가 없다. 재료를 가공하여 완제품을 소비자에게 제공하는 생산자의 의도가 소비자로 하여금 완제품을 그대로 사용하게 하려는 것이지, 가공법을 이해하고 가공 이전의 재료에 대해 인식하게 하려는 것은 아니듯이, 화자 역시 자신이 구성한 스토리가 독자에게 가서 다시 해체되어 사태로 돌아가기를 원하지는 않을 것이다. 그러한 스토리 해체와 사태의 복원은 가능하지도 않다. 이미 위에서 언급한 것처럼 사태의 무한한 정보들 중 상당 부분이 스토리 구성 과정에서 소실되기 때문이다.

이렇듯 코드화로서의 시점화와 가공 구성으로서의 시점화가 근본적으로 구별되어야 한다면, 두 사안과 관련하여 모두 시점이라는 개념을 사용하는 것도 재고할 필요가 있다. 시점의 개념 속에 두 가지 의미가 혼재하기 때문에, 시점화는 동시에 완전히 상반된 방향의 과정을 가리키는 것으로 해석될 수도 있다. 인과적 이야기에 대한 조너선 컬러의 논의가 그러한 예를 제공한다. 그는 니체의 논의에서 기대어 인과적 스토리가 생산되는 과정을 다음과 같이 서술한다.

E. M. 포스터가 우리에게 가르쳐준 것처럼 플롯이라는 개념 자체가 인과관계에 기초한 것이다. '왕이 죽었다. 그러고 나서 왕비가 죽었다'는 이야기가 아니다. '왕이 죽었다. 그러고 나서 그 슬픔으로 왕비도 죽었다'라고 하면 이야기가 되지만 말이다. 후자를 가리켜서 인과적 이야기의 '파불라'라고 할 수 있을 것이다. 원인이 있고, 다음에 결과가 있다. 먼저 모기가 팔을 물고 다음에 아픔을 느낀다. 그러나, 니체에 따르면, 이러한 순서는 주어진 것이 아니고, 수사학적 작업으로 구축된 것이다. 실제로 일은 이를테면 다음과 같이 진행되었을 것이다. 우리는 어떤 고통을 느끼고 그다음에 고통의 원인으로 생각할 만한 요소가 무엇이 있는지 둘러본다. '진짜' 인과적 순서는 어쩌면 먼저 고통이 있고, 다음에 모기가 오는 것이다. 결과가 우리로 하여금 원인을 생산하게 하는 원인이 된다. 이어서 비유법적 작업을 통해 고통-모기의 시퀀스는 모기-고통의 시퀀스로 재정

럴된다. 두 번째 시퀀스는 담론적 강제력의 산물이지만 우리는 그것이야말로 주어진 것, 진짜 순서라고 생각한다.

_Culler 2002, 183[33]

컬러는 인과법칙에 대한 니체의 논의에 기대어 어떻게 모호한 사태로부터 명확한 인과적 스토리가 만들어지는지를 보여준다. 이에 따르면 '모기에게 물려서 가렵다'라는 원인-결과의 시퀀스는 사태 자체의 관찰에서 나온 것이 아니라 이에 대한 단편적인 경험(갑자기 팔뚝이 가려워진다, 날아다니는 모기를 본다)을 인과적 도식을 동원하여 연결한 것이다.

그런데 이 과정은 역설적이게도 관념의 대체 내지 전도를 특징으로 한다. 우리의 일차적 경험에서 원인의 자리에 오는 것은 팔에 느껴진 통증이다. 통증을 느낀 순간 우리는 그 통증이 어디서 온 것인지 알아내고자 한다. 탐색 과정은 통증으로 인해 촉발되고 그 과정에서 이를테면 모깃소리 같은 것이 우리의 주의를 끌며 나타난다. 통증이 원인이고 그 결과로 얻어지는 것이 모기가 통증의 원인이라는 생각이다. 그런데 일단 그러한 결론에 도달하고 나면 모기와 통증의 관계는 전도된다. 모기가 팔을 물었고 그래서 통증이 발생한 것이다. 그렇게 모기를 원인으로, 통증을 결과로 하는

---

33) 포스터는 단순히 왕의 죽음과 왕비의 죽음이 차례로 일어나는 경우를 스토리라고 부르고, 두 죽음 사이에 인과적 관계가 성립하는 경우를 플롯이라고 부른다. 포스터는 플롯 개념을 사건의 인과적 결합으로 정의하는 입장의 또 하나의 사례를 제공한다.

하나의 인과적 스토리가 만들어진다. 통증은 모기에 대해 원인이자 결과다. 모기 역시 통증에 대해 그러하다. 모기는 통증으로 유발된 탐색 과정 끝에 비로소 통증의 원인으로 지목된다. 통증은 모기를 원인으로 만든 원인이다.

이러한 전도는 우리가 삶 속에서 세계를 경험하고 인식하는 과정에서 끊임없이 일어난다. 특히 어떤 생각지도 못한 일이 일어났을 때 우리는 통상 결과를 먼저 보고 그 원인은 뒤늦게 알게 된다. 결과가 나타나기 전까지 원인은 보통 잘 보이지 않는다. 무슨 결과가 나올 거라는 생각조차 없는 상황에서 그것에 대한 원인에 관심을 가질 수도, 가질 이유도 없을 것이다. 하지만 일단 뒤늦게라도 원인을 알게 되면 그것을 결과보다 앞에 내세워 하나의 인과적 스토리를 만들어낸다. 그래서 통증-모기의 시퀀스가 모기-통증의 시퀀스로 전도된다.

컬러가 지적하듯이 사람들은 일반적으로 그것을 전도라고 생각하지 않는다. 우리가 경험한 차례(고통을 느끼고 모기를 본다)는 우리가 우연히 서 있게 된 위치와 우리 자신의 제한된 시야에 의해 결정된 주관적인 순서일 뿐이다. 우리는 이를 사건의 객관적 인과관계에 따른 순서로 정정한다(모기에 물려서 고통을 느낀다). 그것은 전도가 아니라 본래의 자리로 되돌려놓는 일이다. 우리의 경험 과정은 시점적 성격을 지닌다. 우리는 세계의 객관적 상태를 정확히 파악하기 위해 우리의 경험에서 그것을 왜곡시킨 시점적 요인을 빼내려고 부단히 노력한다. 여기에서 이미 탈시점화가 일어난다.

그것은 시점화된 담화를 탈시점화하여 스토리를 구성하는 독자의 독해 작업과 닮은 데가 있다.

이는 그리 놀라운 일이 아니다. 시점화된 담화란 바로 경험 과정의 시점적 성격을 모방하는 담화이기 때문이다. 그러므로 그러한 담화의 독자가 탈시점화를 통해 객관적이고 인과적인 스토리를 읽어내는 것은 우리가 삶 속에서 주관적 경험의 과정을 객관적으로 재편하여 사건들의 인과적 관계를 구성하는 것과 평행 관계를 이룬다. 요컨대 스토리-담화 코드화의 한 가지 방식인 시점화는 지각과 경험의 우연성과 주관성을 극복하려 하는 인간의 본능적인 탈시점화 성향에 기대어 작동한다.

그러나 탈시점화하는 경험 주체의 입장과 탈시점화를 통해 담화를 해독하여 스토리로 역변환하는 독자의 입장 사이에는 중요한 차이가 있다. 담화는 기호학적 구성물로서 어떤 메시지를 코드화된 형태로 속에 담고 있다. 그 메시지가 바로 스토리다. 독자는 담화의 코드를 풀어내어 화자가 만든 스토리를 재구성한다. 그리고 그 코드가 시점적 성격을 지니는 경우 코드의 해독은 탈시점화의 양상을 띠는 것이다. 반면 우리가 경험의 주체로서 세계의 객관적 인과관계를 파악하고자 할 때는 어떤 화자가 우리에 앞서 이미 스토리를 구성해놓고 그것을 코드화하여 전달하고자 한다고 가정할 수 없다. 이야기 담화의 독자가 해독되어야 할 메시지를 가진 기호학적 구성물을 마주하고 있다면, 경험의 주체는 사태에 직면하고 있을 뿐이다. 사태 자체는 우리에게 어떤 이야기를 들려주려는 의도를 가진 주체가 아니다. 우리는 사태와의 만남에서 생겨난 지각과 경험을 해석하여 스토리를 구성할 따름이다. 우리는 이미 만들어진 스토리를 복원하거나 재구성하는 것이 아니다. 우리는 경험의 주체로서 스토리를 처음으로 구성한다.

그런데 우리가 경험한 것에서 스토리를 구성해내는 과정을 객관화로 여긴다면 이는 다음을 의미한다. 사태와 주체의 만남에서 생겨나는 경험은 주관적이며, 주체는 경험에서 그러한 주관적 요인을 가능한 한 제거함으로써 사태 자체에 충실한 스토리를 만들어낸다. 즉 스토리의 구성이란 사태에서 출발하여 주관적 경험을 거쳐 탈주관화와 함께 사태로 귀환하는 것이다. 통증-모기의 시퀀스를 모기-통증의 시퀀스로 바꾸는 것이 바로 그런 탈주관화이며 사태로의 귀환이다. 이는 사태에서 스토리를 구성하는 과정을 코드화된 담화에서 스토리를 재구성하는 과정과 유사한 것으로 이해하는 입장이다. 우리의 경험 속에는 사태가 코드화된 형태로 담겨 있고, 이를 해독하면 다시 사태가 복원된다는 것이다.

그러나 니체와 컬러에게 스토리 구성은 그 어떤 것으로의 귀환도 아니다. 그들의 입장에 따르면 우리가 우리 자신의 경험을 전도시켜 사건들의 인과적 연관성을 수립할 때 사태는 오히려 우리에게서 멀어져버린다. 인과적 연관성은 사태 자체에 내재하는 것이 아니라 사태에 관한 우리 자신의 관념과 도식이 사태에 투영되어 만들어지는 것이기 때문이다. 우리가 사태에서 만들어낸 스토리는 탈시점화가 아니라 또 다른 시점화다. 시점 없는 스토리란 없다고 말하는 볼프 슈미트도 이러한 노선을 따른다.

그렇다면 시점이나 시점화라는 개념은 극히 모순적으로 보인다. 스토리는 이 문제에 접근하는 이론적 관점에 따라 탈시점화의 결과로 보이기도 하고, 시점화의 결과로 나타나기도 하기 때문이다. 이러한 모순은 시점이라는 말이 다의적으로 사용되는 데서 생겨난다. 따라서 개념의 분화가 필요하다. 시점화의 개념을 탈시점화와 연동되어 있는 개념으로, 즉 스토리에서 담화로의 코드화라는 의미로 정의한다면, 사태의 가공을 통한 스토리 구성 과정에 개입하는 주관성 전반을 가리키기 위해서는 시점과 다른 개념을 사용하여야 할 것이다. 여기서는 일단 스토리 구성에 개입하는 주관성을 초점이라고 부름으로써 코드로서의 시점과 구별할 것이다. 그래서 '시점이 없는 스토리는 없다'라는 슈미트의 명제는 '초점이 없는 스토리는 없다' 또는 '초점화되지 않은 스토리는 없다'라는 명제로 대체될 것이다.[34]

초점화의 과정, 사태의 가공을 통해 스토리가 만들어질 때 주관성이 개입하는 양상은 어떻게 기술할 수 있을까? 슈미트가 말하는 것처럼 이 과정에서 선별이 핵심적 계기를 이룬다면, 선별 작업의 성격을 규정하기 위해서는 사태에서 무엇이 선택되고 무엇이 배제되었는지를 파악할 수 있어야 하고, 이를 위해서는 사태와 스

---

34) 그것은 주네트의 초점화(focalisation) 개념과는 관련이 없다. 주네트의 초점화는 원근법적 회화의 시점주의와 비교할 만한 것으로 우리가 말하는 시점화에 가까운 개념이다.

토리의 비교 작업이 필수적일 것으로 보인다. 사태와 스토리를 비교하고 그 차이를 확인해야만 사태가 스토리로 만들어지는 과정에서 선별을 비롯한 서사적 가공 작업이 어떤 식으로 이루어졌는지가 드러날 것이기 때문이다.

그런데 이러한 방법의 문제는 사태와 스토리의 비교가 그리 쉽지 않다는 데 있다. 비교를 위해서는 스토리와 사태를 나란히 놓고 볼 수 있어야 하는데, 이미 지적한 것처럼 사태의 본질적 변형을 통해 구성된 스토리에서 사태를 알아낼 방법은 없다. 그렇다고 해서 스토리를 거치지 않고 사태에 직접 접근할 수 있는 길이 있는 것도 아니다. 만일 사태라는 것이 주체의 인식 이전에 주어져 있는 것, 어떤 주관적 인식 틀이나 도식에도 아직 영향받지 않은 객관적 현실 자체라고 한다면, 사태에 직접 접근한다는 것은 애초에 실현 가능성이 없는 희망 사항에 지나지 않는다. 역사 기록 속에 구성된 스토리를 역사 자체와 비교할 수 있을까? 사태로서의 역사는 결코 직접 관찰할 수 있는 형태로 우리에게 주어지지 않는다. 우리에게 남아 있는 것은 역사가 남긴 흔적과 그에 관한 다양한 스토리들뿐이다. 우리는 어떤 경우에도 사태와 스토리, 역사적 현실 자체와 스토리를 직접 비교할 수 없다.

그래서 어떻게 사태에서 스토리가 구성되느냐 하는 문제는 오직 간접적인 방식으로만 다루어볼 수 있다. 스토리를 사태와 직접 비교할 수는 없지만, 동일한 사태가 다른 스토리로도 구성되었다면, 스토리와 스토리를 비교함으로써 각각의 스토리가 사태의 어떤 측면을 부각하고 어떤 측면을 외면하는가, 사태에 어떤 특수한 윤곽과 구조, 의미와 가치를 부여하는가에 대한 대체적인 답을 끌어낼 수 있을 것이다. 동일한 역사적 사건을 둘러싸고 상이한 스토리를 이야기하는 역사 서술이 공존하는 경우에 이런 방법으로 스토리 구성의 특수성과 주관성을 탐구할 수 있을 것이다.

동일한 사태에 대해 비교할 수 있는 다양한 스토리가 없다 하더라도 사태와 스토리의 간접적인 비교 분석이 불가능한 것은 아니다. 주어진 스토리만으로도 그 속에서 사태가 어떻게 초점화되는지 어느 정도 가늠해볼 수 있기 때문이다. 초점화는 쉽게 말해 관심을 사태의 일부에 집중하는 것이다. 따라서 우리는 스토리에서 어떤 인물이 주인공이고 어떤 인물이 보조적인 역할을 하는지, 주인공의 삶에서 어떤 영역이 전면에 부각되는지, 무엇이 상세하게 알려지고 무엇이 대충만 그려지는지, 혹은 아예 존재하지도 않는 것처럼 취급되는지 등의 질문을 통해 스토리 구성에 결정적 영향을 미치는 초점의 성격을 어느 정도 파악할 수 있을 것이다.

보론: 허구성과 사태

사태에서 스토리가 구성되는 과정에 대한 논의에서 빼놓을 수 없는 것으로 이야기의 허구성 문제가 있다. 앞에서 보았듯이 역사 서술의 경우에는 동일한 역사적 사실에 관한 다양한 서술을 비교함으로써 스토리 구성의 특수성과 주관성을 분석해볼 수 있지만, 같은 방법을 소설과 같은 허구 이야기에도 적용할 수 있을지는 의문이다. 왜냐하면 소설의 스토리는 역사 서술 속에 구성되는 스토리와는 달리 작가의 자유로운 상상에 따라 만들어지는 것이며 스토리 구성 이전의 어떤 객관적 현실을 전제하지 않기 때문이다. 따라서 동일한 사태를 지시하는 다양한 작가의 다양한 스토리 구성 역시 있을 수 없다. 역사가는 다른 역사가가 사실로 확인한 바를 부정할 수 있지만 소설가는 다른 소설가의 "사실"에 이의를 제기할 수 없다. 타인의 스토리에 대한 반박 가능성은 스토리를 통해 환기되는, 그러나 스토리에 대해 독립적으로 실존하는 사태가 있고, 누구나 그 사태에 자기 나름의 방식으로 접근할 수 있는 권리가 있다는 전제 위에 성립한다. 그러나 허구적 스토리의 경우 그 스토리 밖의 어떤 사태를 준거로 삼아 스토리의 적합성을 따진다는 것은 부조리하다. 스토리 외부의 사태를 설정할 수 없다면, 사태에서의 선별로서의 스토리 구성이라는 관념 자체가 허구 이야기에서는 성립하지 않는 것처럼 보인다.

그러나 소설과 같은 허구 이야기라 하더라도 여기서 이야기되는 스토리 너머에 훨씬 더 풍부하고 광대한 세계가 함축되어 있다는 것은 부정할 수 없을 것이다. 슈미트는 허구 이야기가 '지시 층위'가 없다는 점에서 역사 서술과 근본적으로 구별된다고 보는 도리트 콘Dorrit Cohn의 입장을 소개하면서 이를 다음과 같이 수정한다.

이에 대해서는 허구 이야기에도 "지시 층위"는 있다고 반박할 수 있을 것이다. 물론 그 층위는 주어진 실제 현실의 형태가 아니라 함축적인 허구 현실의 양태로 주어진다. 소설의 사태는 독자에게 그 자체로 접근할 수 있는 대상이 아니고 구성물로서, 서술된 스토리를 기반으로 독자가 만들어내는 재구성물로서만 주어질 뿐이다. 발생론적 관점에서 본다면 콘은 전적으로 정당하다. 그러나 이 연구의 관념 발생론적 입장에서는 스토리 속에 함축된 허구적 사태가 모든 선별의 행위에 논리적으로 선행하는 "지시 층위"를 이룬다.

_228-229

허구 이야기에서 "지시 층위"의 존재를 부정하는 도리트 콘의 입장을 따른다면 허구 이야기는 담화와 담화의 내용인 스토리로 이루어지며, 그 너머의 실재, 허구 이야기가 지시하는 사태는 아예 존재하지 않는다. 그것은 물질적 매체로서의 그림 자체와 그림이 환기하는 어떤 상상적 동물의 모습으로 이루어져 있는 한 폭의 그림에 비유할 수 있다. 그림 외부의 현실 속에 그 그림의 이미지와 비교해보아야 할 동물은 없다. 반면 슈미트는 아무리 허구적인 스토리라 하더라도 그 스토리에 명시된 것만으로 이루어진 세계는 있을 수 없기에 언제나 스토리 너머의 사태가 그 속에 함축되어 있는 것이며 스토리는 그 함축된 사태에 대한 선별 작업의 결과로 이해해야 한다고 주장한다. 이 주장에 따르면 허구 스토리는 다른 모든 스토리와 마찬가지로 무한하고 경계가 없고 혼란스러우며 의미가 불분명한 사태에 대한 선별과 의미 부여와 경계 짓기 작업을 통해 구성된다. 다만 여기서는 사태도 허구적이고, 사태를 가공하여 스토리로 만들어내는 서사 작업도 허구적이라는 것이 비허구적 스토리의 경우와 다른 점이다.

소설가가 '그'라는 대명사로 이야기를 시작하는 순간, 한 인물뿐만 아니라 그 인물이 존재하는 세계 전체가 탄생한다. 물론 소설가는 그 세계 전체를 완전하게 있는 그대로 이야기하지 못한다. 한 세계를 탄생시키는 것은 극히 간단하지만 그 세계를 전면적으로 서술하고 묘사하는 것은 끝이 없는 작업이다. 소설가는 일단 한 단어로 세계를 탄생시킨 다음에는 그 세계 가운데서 무엇을 골라서 이야기할지를 정해야 한다. 카프카의 소설『변신』은 주인공 그레고르 잠자의 연애 경험에 대해 거의 이야기하지 않는다. 이와 관련된 것으로는 다음 구절이 유일하다. "그의 상념 속에는 오랜만에 다시 사람들이 나타났다. 사장과 지배인, 사환과 수습사원들, 아주 멍청한 경비, 다른 업체에서 일하는 친구들 두셋, 지방 어느 호텔의 여종업원, 잠깐 스쳐 지나간 사랑스런 추억, 그가 진지하게 구애했던―하지만 너무 시간을 끌었던―모자 상점의 여자 계산원, 그들 모두가 낯선 사람들 또는 이미 잊어버린 사람들과 뒤섞여 나타났다."(카프카 2015, 81-82, 번역 다소 수정) 독자는 잠자의 사랑을 희미한 기억의 편린으로만 접한다. 여기에 훨씬 더 자세하게 이야기할 만한 일들이 있었으리라는 것만은 분명하다. 그런 일이 있었는데도 카프카는 주인공의 상념 속에 언뜻 떠오른 짧은 기억만 언급하고 그 외에는 일체 침묵하고 있는 것이다. 그렇다면 우리는 그 침묵의 의미에 대해서, 주인공의 삶의 어떤 부분이 선택받지 못하고 스토리 구성 바깥으로 밀려나는 이유에 대해서 질문을 던질 수 있고, 때로 그러한 질문에서 작품을 이해하는 데 중요한 단서를 얻어낼 수도 있을 것이다.

따라서 허구 이야기의 경우에도 사태와 스토리 사이의 관계에 대해 고찰하는 것은 충분히 가능하며, 스토리가 어떻게 초점화되어 있는지를 분석하는 데 필수적인 작업이라고까지 말할 수 있다. 그러므로 사태의 초점화를 통한 스토리의 구성과 관련하여 앞 절에서 거론한 분석 방법들은 허구 이야기에서도 대체로 유효하다. 물론 소설은 허구 이야기로서 작품마다 자기만의 허구적 사태를 창조하기 때문에 역사 서술의 경우처럼 동일한 사태와 관련된 다양한 스토리를 비교 분석하는 것은 불가능하다. 그러나 하나의 신화적 전승이나 실제 사건을 소재로 다수의 작가들이 다양한 작품을 창작해내는 경우, 혹은 어떤 작품이 창조한 허구적 사태를 다른 작품이 이어받아서 새로운 스토리를 만들어내는 경우, 우리는 이들 작품의 다양한 스토리를 대상으로 동일한 역사적 사태에 대한 여러 역사 서술을 비교하는 것과 유사한 작업을 시도해볼 수 있을 것이다. 이때 각 작품의 스토리가 가지는 구성상의 특수성이 다른 작품의 스토리와의 대비 속에서 좀 더 뚜렷이 드러날 수 있다.

어떤 작가들은 사태와 스토리 사이의 간극에 대한 반성적 의식을 작품 자체의 구성 원리로 만들기도 한다. 이를테면 신뢰할 수 없는 화자를 내세워서 독자로 하여금 그가 이야기하는 스토리 너머의, 그 스토리와 일치할 수 없는 사태에 대하여 생각하게 한다든가, 같은 사태에 대해 다양한 관점을 대변하는 스토리를 병치한다든가 하는 방식으로 말이다. 이에 대해서는 마지막 장에서 좀 더 상세히 논의할 것이다.

동요하는 초점: 스토리 구성의 실제

이제는 사태와 스토리의 관계와 초점화에 관한 지금까지의 이론적 고찰을 바탕으로 실제 이야기들 속에서 어떻게 스토리가 사태로부터 구성되는지, 이 과정에서 초점이 어떤 역할을 하는지를 구체적으로 알아보기로 한다.

초점은 사태의 일부에 관심을 집중시키는 것, 혹은 그렇게 관심이 집중된 부분을 의미한다. 사태에서 스토리를 구성하는 서사 작업의 핵심에 초점화가 놓여 있다면, 이는 스토리가 구조적으로 일정한 초점을 필요로 하기 때문이다. 그리고 그러한 필요성은 궁극적으로 담화의 문법에서 유래한다. 프롭이 『민담 형태학』 마지막 장에서 제시한 간단한 민담의 도식을 다시 떠올려보자. 그것은 어떤 가해행위와 결핍에서 시작되어 우여곡절 끝에 피해나 결핍이 해소되는 것으로 끝난다. 이와 유사하게 아리스토텔레스는 『시학』에서 플롯을 일이 얽혀드는 전반부와 풀리는 후반부로 구분한다. 요컨대 아리스토텔레스의 시학에서 플롯으로, 프롭의 민담형태학에서 기능 연속체로 불리는 담화의 문법은 어떤 중요한 문제를 둘러싼 불확실성을 창조하여 독자에게 그것이 어떻게 결정될 것인가에 대한 궁금증을 유발하고 이후 그 문제의 해결을 통해 독자를 만족시켜주는 두 단계의 구성으로 기술될 수 있는 것이다. 그리고 이러한 구성은 스토리 내에 해결되어야 할 중심적 문제의 설정을 전제한다. 화자는 객관적 사태 앞에서 중요하다고 여겨지는 문제에 초점을 맞추고 담화의 문법이 요구하는 바에 따라 이 문제의 발생과 해결에 영향을 준 주요 요인들을 선별한 뒤 이들을 시간적, 인과적 관계망 속에 결합한다. 스토리는 언제나 중요한 것과 중요하지 않은 것의 구별을 기초로 구축되는바, 그것이 스토리를 사태 자체와 차별화하는 결정적 특징 가운데 하나다. 사태는 주관적 가치와 의미 판단에 대해 무관심한 무차별성의 세계, 모든 것이 관점에 따라 중요해질 수도 있는 잠재적 의미의 세계다.

이런 맥락에서 『신데렐라』를 다시 생각해본다. 이 이야기의 중심적인 문제는 부당하게 학대받는 신데렐라의 삶이다. 신데렐라는 고된 삶에서 벗어나서 행복을 찾을 수 있을 것인가? 무도회의 초청장이 온 후부터 질문은 더 구체화된다. 신데렐라가 왕자의 선택을 받아 결혼에 이를 수 있을 것인가? 동화의 독자는 이 질문에 대한 해답을 얻기 위해 이야기를 읽어간다. 이야기의 주인공은 신데렐라고, 초점은 신데렐라의 행복에 놓여 있으며 스토리는 바로 이 초점에 따라 구성된다.

그런데 이렇게 구성된 스토리 너머의 세계를 상상해본다면, 신데렐라가 살고 있는 현실, 사태로서의 신데렐라의 세계에서 이와는 다른 문제를 끌어낼 수는 없는가, 또 다른 초점화의 가능성은 없는가 하는 질문을 던질 수 있다. 만일 계모를 주인공으로 하여 초점을 이동시킨다면 어떤 스토리가 구성될 것인가? 신데렐라 아버지의 재혼은 프롭의 도식에 입각할 때 계모라는 적대자의 등장과 가해의 시작을 의미한다. 그런데 그 적대자가 주인공이 된다면 신데렐라의 행복이라는 초점과는 다른 초점이 설정되어야 하고 그리하여 같은 사건도 새로운 초점과의 관계에서 조명되어야 한다.

화자가 명시적으로 이야기하지는 않지만 우리는 두 딸을 데리고 계모가 등장할 때 그녀가 결혼한 적이 있고 그 결혼에서 두 딸을 낳았을 것이며 남편을 잃고 혼자 살아왔으리라는 것을 은연중에 짐작하게 된다. 그리고 조금만 더 관심을 기울인다면 그러한 불운이 그녀의 삶에 매우 큰 어려움을 안겨주었으리라는 추측도 해볼 수 있을 것이다. 그런 전제에서 부유한 남자와의 재혼은 계모의 입장에서 문제의 시작이 아니라 문제의 해결이었을 것이다. 그리고 그녀는 무도회에 딸들을 데리고 가면서 재혼을 통해 어느 정도 회복한 행복을 새로운 차원으로 끌어올릴 수 있는 기회를 잡았다고 믿었을 것이다. 그러나 그녀와 두 딸의 희망은 실현되지 못한다. 그것은 어떤 실패의 스토리다. 계모를 주인공의 삶을 방해하고 문제를 일으키는 적대자가 아니라 자신의 삶의 문제와 씨름하는 주인공으로 본다면 이런 식의 스토리 구성이 가능하고 그것은 신데렐라를 중심으로 하는 스토리 속에도 이미 어느 정도 함축되어 있는 내용이기도 하다.

그러나 신데렐라 이야기에서 계모의 삶의 문제는 전혀 조명되지 않는다. 신데렐라의 행복을 초점으로 구성된 스토리에서 그것은 제2의 초점이 될 만한 가치조차 없는 문제이기 때문이다. 계모가 주목의 대상이 되는 것은 오직 민담 도식 속의 적대자로서, 즉 신데렐라의 행복을 가로막는 방해자로서 그 역할을 충실히 하는 한에서다. 계모는 신데렐라의 삶에 적대적으로 개입하는 한에서만 이야기된다. 화자는 그녀의 삶 자체의 연속성을 재구성하는 데 아무런 관심도 없다. 신데렐라와 계모, 주인공과 적대자에 대한 이런 불평등한 취급은 독자의 의식에도 그대로 영향을 준다. 독자는 신데렐라의 문제에 초점을 맞춘 채 신데렐라의 삶의 과정을 따라간다. 이 스토리가 함축하고 있는 계모와 두 딸의 삶과 그들이 안고 있는 고유한 문제는 독자의 의식 변방에 어렴풋한 상태로 어른거릴 뿐이다. 그것에 대해 독자는 질문하지 않는다. 질문하지 않으니 생각도 하지 않는다. 그래서 화자가 이에 대해 침묵해도 정보의 결여를 느끼지 않는 것이다.

화자는 단순히 주인공의 적대자만 이렇게 차별하는 것이 아니다. 주인공 외에 모든 다른 보조적인 인물들은 모두 주인공과 관계되는 한에서만 단편적으로 언급된다. 예를 들어 왕자는 신데렐라에게 행복을 가져오는 구원자의 형상으로만 나타난다. 왕과 왕자는 무도회에의 초대장으로 신데렐라에게 믿을 수 없는 기회를 주고 그녀에게 마땅히 돌아가야 할 행복을 부여하는 권위 있는 수여자다. 신데렐라와 그녀의 문제에 초점을 맞춘 스토리 속에서 무도회의 초대장이 실은 신데렐라에게 기회를 주기 위해서가 아니라 왕자 자신의 문제를 해결하기 위해서—신부 구하기를 위해서—발송된 것이라는 점은 그저 암시만 될 뿐이다.

문제의 초점을 어디에 맞추느냐, 그리고 그 문제의 중요성과 의미를 어떻게 평가하느냐에 따라 동일한 사태도 다른 스토리로 구성된다. 「개구리 왕자」는 이와 관련하여 『신데렐라』와 비교할 만한 흥미로운 특징을 보여준다. 두 동화 모두 여주인공이 왕자와 결혼하는 것으로 끝난다. 이때 『신데렐라』는 여주인공의 문제만을 조명하고 그렇게 구성된 신데렐라의 스토리에서 왕자의 고유한 문제와 이를 해결해가는 과정은 그저 암묵적으로 전제될 뿐이다. 유리 구두 한 짝으로 무도회의 주인공을 찾아내기 위해 수색 작업을 벌이는 것은 무엇보다도 왕자가 자신의 절실한 문제를 해결하기 위해서라고 해석할 수 있지만, 동화에서는 이 과정도 신데렐라가 진정한 주인공으로 인정받는 과정, 영광의 시험을 치르는 과정으로만 나타난다.

「개구리 왕자」 역시 두 남녀 주인공, 왕자와 공주가 모두 각자의 문제를 가지고 있고 이 두 개의 문제 중에 우선적으로 조명되는 것은—『신데렐라』의 경우처럼—여주인공의 문제다. 이를 잘 보여주는 것은 이야기가 공주에게 문제가 발생할 때 시작해서, 그 문제가 해결되는 데서 종결에 이른다는 사실이다. 공주는 황금 공을 샘물에 빠뜨리는데, 이 문제는 개구리의 도움으로 바로 해결되지만 그 해결은 더 큰 문제를 불러일으킨다. 공주는 개구리에게 공을

찾아주면 친구가 되어준다는 약속을 했지만 그 빚을 갚을 의사가
전혀 없다는 데서 갈등이 발생한다. 왕궁에까지 찾아와 한 걸음
한 걸음 다가오는 빚쟁이 앞에서 결국 절망에 빠져버린 공주는 개
구리를 내동댕이친다. 그런데 뜻밖에도 그것으로 문제가 해결된
다. 흉칙한 개구리가 왕자의 모습으로 바뀌어버렸기 때문이다. 공
주를 괴롭히던 끔찍한 빚쟁이가 돌연 사라지고, 그 대신 멋진 왕
자가 선물처럼 주어진다. 공주는 걱정과 두려움에서 해방되고 왕
자와 공주의 결혼으로 이야기는 마무리된다.

그런데 공주의 문제가 해결되는 과정에서 새로운 문제가 모
습을 드러낸다. 흉칙한 개구리가 잘생긴 왕자로 변신하는 기이한
사건이 공주의 문제에 진정한 해결을 가져오려면, 우선 그 사건의
진실이 밝혀져야 한다. 개구리와 왕자 중 무엇이 진짜 정체인가?
이제 왕자가 자신의 사연을 들려준다. 자신은 마녀의 저주로 인해
개구리로 변신하여 샘물 속에 살고 있었던 것이라고. 이 야기는 개
구리 왕자의 진정한 정체성을 확립하고, 공주의 문제에 궁극적인
해결을 가져온다. 그런데 이와 동시에 지금까지 동화에서 전혀 조
명되지 않던 왕자의 문제가 뒤늦게 드러나기도 한다. 왕자는 적대
자의 가해행위로 인해 끔찍한 불행에 빠져 있었고 그 불행에서 구
원받을 수 있는 기회만을 기다려온 것이다.

이처럼 「개구리왕자」는 「신데렐라」와 달리 여주인공의 문제
뿐만 아니라 그녀의 상대역인 왕자의 문제도 같이 이야기한다. 하
지만 왕자의 문제는 공주의 문제에 비해 훨씬 더 약하게 조명된다.

여기서 초점화에도 정도의 차이가 있다는 점이 드러난다. 화자는 어떤 문제에 초점을 맞출 수도 있고 맞추지 않을 수도 있다. 하지만 초점화 아니면 비초점화라는 식의 양자택일 가능성밖에 없는 것은 아니다. 화자는 상대적으로 더 강하게 초점화할 수도 있고 상대적으로 더 약하게 초점화할 수도 있다. 개구리 왕자의 문제는 명시적으로 이야기된다는 점에서 신데렐라 계모의 문제처럼 철저히 초점 밖으로 밀려나 있다고 할 수 없지만, 공주의 문제에 비해 덜 조명받는 것은 사실이다. 그렇게 판단할 수 있는 근거는 우선 마녀의 저주가 화자의 직접적인 진술이 아니라 왕자가 공주에게 하는 말을 통해 간접적으로, 그것도 매우 소략하게만 이야기된다는 점에서 찾을 수 있다. 만일 왕자의 문제가 스토리의 핵심이었다면 어떤 경위로 왕자가 마녀의 저주를 받게 되었는지가 좀 더 자세히 설명되었을 것이다.

이 동화에서 왕자의 문제가 공주의 문제에 비해 낮은 비중을 차지하고 있다고 보아야 할 또 하나의 결정적인 이유는 그 문제가 드러나는 담화상의 위치에서 찾을 수 있다. 마녀의 저주 사건은 왕자가 개구리에서 인간으로 다시 돌아온 뒤에 알려진다. 문제가 해결된 다음에야 문제의 존재가 알려지는 것이다. 왕자의 이야기는 그래도 스토리 층위의 순서를 기준으로 하면 '저주→구원'의 시퀀스로 도식화할 수 있지만, 담화상에서는 '구원→저주'로 전도된다. 프롭이 말하는 전형적인 민담은 적대자의 가해에서 이를 극복하고 행복을 되찾는 과정을 그리는데 그것은 앞 장에서 누차 강조한 것처럼 단순히 스토리 층위의 사건 도식이 아니라 담화적 형식으로 이해되어야 한다. 이야기의 담화가 가해에서 회복으로, 저주에서 구원으로 진행되어야 하는 것은 그래야만 결과를 예상하기 어려운 불확실성이 발생하고 독자에게 문제 해결에 대한 기대를 일으키며 최종적 구원을 통해 그러한 독자의 기대를 충족시켜줄 수 있기 때문이다. 반면에 담화 층위에서 구원이라는 결과가 먼저 제시되면 적대자의 가해행위와 그 결과는 그것이 설사 아무리 심각한 문제를 일으킨다고 하더라도 주목의 대상이 될 수 없고 독자로 하여금 이야기에 몰입하게 만드는 핵심적인 초점이 될 수 없다. 마녀의 저주로 왕자가 개구리로 추락한 사건이 바로 그러하다. 그것이 그래도 어떤 의미를 가지고 관심의 대상이 된다면 플롯상에서 해결되어야 할 문제로서가 아니라 다른 문제에 대한 답으로서일 뿐이다. 왕자의 변신 이야기는 공주의 골칫거리인 개구리가 정말로 사라진 것을, 눈앞의 왕자가 진짜 왕자라는 것을 확인해주는 해명으로 기능하기 때문이다. 결국 왕자의 문제는 이 이야기에서 중심적인 위치에 있는 공주의 문제와 관련되는 한에서 의미를 부여받는 셈이다.

이상의 관찰은 담화의 순서가 초점화와 스토리 구성의 문제와도 긴밀하게 관련되어 있음을 보여준다. 그 관련성의 구조를 간단히 정리해보면 다음과 같다. 사태는 의미 부여, 선택과 배제, 인과적 연관성의 수립을 통해 스토리로 구성된다. 이때 가장 근본적인 것은 사태에 대한 의미 부여이며, 이를 통해 중요한 것과 중요하지 않은 것, 더 중요한 것과 덜 중요한 것, 인식할 만한 가치가 있는 것과 없는 것, 주요한 것과 보조적인 것의 구별이 이루어진다. 그 구별이 바로 초점화의 핵심에 놓인 작업이다. 초점화를 통해 구성된 스토리는 일정한 코드화를 통해 담화로 변환된다. 따라서 스토리가 가지는 선별적 특징 역시 코드화되어 담화에 반영된다. 중요한 것과 중요하지 않은 것의 구별은 담화 층위에서 발화와 침묵의 대립으로 나타난다(화자는 무엇을 이야기하고 무엇을 언급조차 하지 않는가). 스토리 구성 과정에서 일정한 의미를 부여받은 것 사이에도 다시 경중의 차이가 있으니, 그 차이 역시 담화 속에 코드화되어 나타난다. 초점화는 담화 층위에서 서술의 세밀성(어떤 사안이 얼마나 자세히 서술되는가), 독자의 주의를 환기하는 방식, 담화의 순서(어떤 사안이 이야기되는 위치) 등으로 표현되는 것이다.

지금까지 스토리의 코드화 방식 가운데 하나로 설명된 시점화(한 인물의 경험 과정을 기준으로 담화의 순서를 결정하는 코드화)는 이 맥락에서 새로운 의미를 드러낸다. 그것은 스토리 구성의 핵을 이루는 초점을 코드화하는 방식이기도 하다. 공주의 시점에 따른 담화의 진행은 공주가 직면한 문제를 전면에 부각하며, 따라서 바로 이 문제를 초점으로 구성된 스토리를 이야기하기에 적합한 코드화 방식이라고 할 수 있다. 만일 마녀의 저주에서 헤어 나오려는 왕자의 문제를 초점으로 스토리가 구성된다면, 이에 상응하는 코드화 방식은 왕자를 경험 과정의 주체로 하는 시점화일 것이다. 이때 화자는 왕자에게 문제가 발생하는 지점부터, 즉 왕자가 어떻게 마녀를 만나 저주받기에 이르는지부터 이야기하기 시작할 것이다.

「개구리 왕자」에서 왕자와 공주, 두 인물에만 한정하여 생각해본다면, 지금 본 것처럼 화자에게는 스토리 구성 방식의 면에서 적어도 두 개의 선택지가 주어져 있다. 하나는 왕자의 문제에 초점을 맞추고 공주의 문제에는 보조적 의미만을 두는 것이고, 나머지 하나는 공주의 문제에 초점을 맞추고 왕자의 문제는 이와 관계되는 한에서만 이야기하는 것이다. 어떤 선택을 하느냐에 따라 스토리는 상당히 다르게 구성될 것이다. 그런데 실제 동화의 화자는 두 번째 대안을 택했다. 이 선택은 지금 논의 중인 초점화와 관련하여 흥미로운 생각거리를 제공한다. 초점화가 중요한 것과 중요하지 않은 것, 더 중요한 것과 덜 중요한 것을 구별하고 구별된 대립 항 가운데 전자를 선택하는 일이라면, 「개구리 왕자」에서 공주의 문제가 초점으로 선택된 것은 화자가 왕자의 문제보다 공주의 문제를 더 중시한다는 뜻이 된다. 그런 판단 혹은 결정의 이유나 동기, 근거는 무엇인가?

이런 질문이 일어나는 것은 왕자의 문제와 공주의 문제를 두고 일반적 상식의 입장에서 그 경중을 비교해보면 단연 전자가 더 심각하고 중대하다고 할 수 있기 때문이다. 결핍의 크기와 깊이라는 면에서 마녀의 저주로 개구리가 되어 숲에서 살게 된 왕자의 불운한 운명과 개구리한테 신세를 졌다가 내키지 않는 마음으로 흉하게 생긴 개구리와 친구가 되어주어야 하는 공주의 상황 사이에는 큰 격차가 있다. 뚜렷한 단 하나의 초점을 요구하는 민담 도식이 일반적으로 저주받은 왕자의 모티브를 선호하는 것은 당연하다. 해결해야 할 문제가 통상적인 관점에서 볼 때 심각하고 중대할수록 독자의 주의를 집중시키는 데 효과적이기 때문이다.

그런데도 화자는 공주의 문제를 집중적으로 조명하고 왕자의 문제에는 보조등만을 비출 뿐이다. 진실을 몰랐기 때문에 큰 곤경에라도 빠진 줄 알고 있다가 별다른 노력도 없이 멋진 왕자와 결혼하여 행복에 이른 공주가 주인공이고,[35] 오랜 기다림 끝에 마녀의 저주에서 풀려나 구원받고 아름다운 공주와 결혼하게 된 왕자는 조연의 자리에 머무른다. 화자가 공주 자신이라면 이와 같은 스토리 구성도 이해할 수 있겠으나 옛날 이야기를 들려주는 화자가(이야기는 "소원이 아직 이루어지던 옛날옛적에"로 시작된다) 이처럼 특별한 초점을 선택해야 할 뚜렷한 이유는 보이지 않는다.

화자가 스토리 구성을 위해 설정한 초점과 일반적으로 초점이 될 만한 것으로 생각되는 문제 사이의 괴리는 이야기에 다소 유희적이고 희극적인 빛을 던져준다. 화자의 스토리 구성에서 보조적인 위치로 물러나 있는 왕자의 문제가 그 자체로 강한 인상을 주기 때문에, 독자는 여기서 화자의 초점 설정을 자의적인 것으로 느끼고 주어진 스토리와는 다른 스토리 구성의 가능성을 상상하게 될 수도 있다.

---

[35] 공주가 한 일이라고는 어려울 때 도움을 받았으면 약속을 지켜야 한다는 아버지의 엄명 때문에 개구리를 내쫓지 못하고 있다가 끝내 참지 못하고 개구리를 벽에 내동댕이친 것뿐이다.

초점화에 관한 이상의 논의와 관련하여 특별히 주목해야 할 것은 동화의 마지막에 덧붙여진 여담 같은 이야기다. 여기서 화자는 마치 다소 상궤에서 벗어난 자신의 초점 설정에 대해 독자가 느낄 불만을 예견하기라도 한 것처럼 뒤늦게나마 왕자의 문제로 이야기의 초점을 이동하려 한다. 동화의 결말 부분에서 새롭게 등장하는 왕자의 신하 하인리히는 그러한 초점의 이동을 (형식주의자들의 표현을 사용한다면) 동기화한다. 하인리히는 사태를 철저하게 왕자의 구원으로 지각하는 인물이다. 그는 왕자에게 내려진 저주를 자신의 불행으로 느끼고 고통과 슬픔으로 터질 것 같은 심장을 보호하기 위해 가슴에 쇠줄을 두른 채 살아왔다. 그리고 이제 왕자가 다시 돌아온 것에 감격하고 기뻐하면서 가슴에 둘렀던 세 개의 쇠줄을 모두 끊어버린다. 이처럼 하인리히는 마녀의 저주로 인한 끔찍한 불행과 굴레를 상징하는 쇠줄에서 스스로를 해방함으로써 왕자의 구속과 해방을 재연하고 기념한다. 하인리히가 등장하여 그의 구원으로 이야기가 끝남에 따라, 저주받아 개구리로 변신했던 왕자가 저주에서 풀려나 아름다운 공주와 행복하게 결혼하는 이야기가 비로소 전면에 부각된다. 공주의 문제에 치우쳐 있던 조명이 왕자의 문제 쪽으로 이동하는 것이다. 이로써 공주의 이야기로 시작하여 줄곧 공주의 문제를 따라가던 동화가 갑자기 왕자의 이야기로 끝나는 듯한 인상을 불러일으킨다.

하인리히의 여담은 공주를 주인공으로 내세워 공주의 문제를 중심으로 이야기하는 이 동화의 제목이 왜 「개구리 왕자 또는 철의 하인리히」인지도 이해하게 해준다. 제목은 마치 이 이야기의 진짜 주인공은 개구리 왕자이며 그를 주인공으로 만들어주는 것은 쇠줄을 두른 하인리히라고 말하는 듯하다. 화자는 두 개의 초점 사이에서 망설인다. 그래서 제목과 본문 사이에, 또 본문에서 본론과 결론 사이에 괴리가 생겨난다. 결론에서 왕자의 구원에 대한 강조는 왕자가 마녀에게 가해를 당하는 과정이 거의 제대로 이야기되지 않은 것과 심한 불균형을 이룬다. 초점의 동요가 이런 불균형을 낳는다. 하지만 그것을 단순히 스토리 구성의 결함이라고만 볼 수는 없다. 불균형은 거의 의도된 것처럼 보인다. 화자는 저주받은 왕자라는 전형적인 민담적 소재를 가지고 민담의 전통적 스토리 구성 방식에서 유희적으로 일탈하면서 동일한 사태가 다양한 초점화, 다양한 스토리 구성의 가능성을 향해 열려 있음을 일깨워준다.

6

스토리에서 사태로:
부분과 전체

스토리의 경계선: 명시적인 것과 암묵적인 것

지난 장에서는 사태와 스토리의 차이를 설명하고, 사태에서 스토리가 구성되는 과정을 주로 초점화의 개념을 통해 기술하였다. 이 논의에서 핵심을 이루는 것은 스토리 구성의 과정에서 일정한 초점이 사태에 도입되고 이에 따라 사태 자체에는 존재하지 않는 중요한 것과 중요하지 않은 것 사이의 경계선이 그어진다는 인식이다. 스토리는 사태 자체가 아니며 그것을 관찰하고 인식하며 이야기하는 주체의 관심이나 가치 판단과 같은 주관적 요인의 영향 속에서 만들어진다. 볼프 슈미트에게서 나온 '초점 없는 스토리는 없다'라는 명제는 스토리를 객관적으로 주어진 사태와 동일시하는 전통적 관념을 반박하기 위한 것이다.

초점화와 스토리 구성의 사상은 사태와 스토리 사이의 관계에서 차이와 단절의 측면에 강조점을 둔다. 사태는 그 외의 여러 요소와 함께 스토리라는 제품을 완성하는 데 필요한 재료에 지나지 않는다. 사태와 스토리는 어떤 제품 생산 공장에서 투입되는 재료와 산출되는 완제품만큼이나 서로 다른 것이다. 사태는 스토리로의 가공 과정에서 돌이킬 수 없이 변형된다. 화자는 사태를 가공하여 스토리로 구성하고, 그렇게 구성된 스토리를 독자에게 전달한다. 소비자가 가공되기 전의 재료 자체에 대해 생각하지 않은 채 완제품을 소비하고 사용하듯이, 독자 역시 스토리가 사태의 초점화를 통해 구성된 것임을 의식할 필요도 없고 스토리 구성 이전의 사태를 복원할 수도 없다.

그런 점에서 초점화는 코드화로서의 시점화와도 근본적으로 구별되는 서사 작업으로 나타난다. 시점화는 스토리를 담화로 변환하는 코드화의 방식이며, 언제나 코드를 해독하여 스토리로 돌아가는 탈시점화를 전제한다. 이는 화자와 독자 사이에 시점이라는 코드가 공유된다는 것을 의미한다. 독자는 담화가 시점화된 것임을 알고 있기에 탈시점화를 통해 시점화되기 이전의 스토리를 복원할 수 있는 것이다. 반면 초점화는 화자가 독자에게 전달하고자 하는 궁극적 메시지로서의 스토리를 구성하는 작업이다. 따라서 일반적으로 화자의 입장에서는 독자에게 굳이 초점화의 출발점이 된 사태를 환기하여 초점 설정의 임의성과 자의성을 의식하게 하거나, 자신이 하는 이야기와는 전혀 다른 스토리 구성의 가능성에 대해 생각하게 하는 것이 환영할 만한 일은 못 된다. 스토리 구성으로서의 초점화는 그 본성상 출발점이 된 사태와의 단절, 사태에 대한 망각, 더 나아가 초점화 작업 자체의 망각을 요구한다.

그런데 스토리는 정말 그렇게 철저하게 사태와 단절되어 있는가? 사태에서 스토리로의 구성 과정을 되돌려서 스토리의 탈구성deconstruction, 또는 해체를 통해 사태로 돌아가는 길은 완전히 차단된 것인가? 하지만 사태와 스토리의 관계를 논하면서 스토리의 구성적 성격을 강조한 나머지 사태와의 차이와 단절만을 보는 것은 일면적이다. 물론 이런 구성주의적 입장은 슈미트가 반박하고자 한 바, 즉 스토리의 근본적 주관성을 인식하지 못하고 이를 객관적 현실 혹은 사태 자체와 혼동하는 전통적 관념에 대한 강력한 비판으로서는 충분히 의미가 있다. 그러나 사태와 스토리의 차이와 단절에 대한 강조가 양자 사이의 연속성을, 사태를 향한 스토리의 잠재적 개방성을 완전히 덮어버려서는 안 된다. 스토리는 볼프 슈미트가 말하듯 무한한 사태의 가공을 통해 명확한 경계와 윤곽, 제한적인 속성을 갖춘 일정한 형태로 빚어지지만, 그 출발점에 있는 재료의 무한성과 무경계성을 완전히 제압하지는 못한다. 스토리는 유한한 형태 속에 무한성을 품고 있다. 무한한 재료인 사태는 스토리의 유한성 속에 가두어지면서도 그것에 대한 저항을 멈추지 않는다. 그러한 긴장에서 스토리의 탈구성, 혹은 해체의 가능성이 생겨난다. 그것은 물론 사태에 초점을 설정하여 스토리라는 형태를 만들어내는 화자가 권장하는 가능성은 아니다. 탈구성은 위에서도 시사한 것처럼 화자의 의도에 반하는 것이며, 그런 의미에서 화자와 독자의 암묵적 합의 속에서 수행되는 탈시점화와는 다른 성격과 의미를 지니는 작업이다.

이 장에서는 스토리와 사태의 관계를 바로 이러한 긴장의 측면에서 논의할 것이다. 그것은 무엇보다도 스토리의 유한한 경계선을 어떻게 이해하느냐 하는 문제와 관련되어 있다.

화자는 초점을 설정하고 이를 기준으로 중요한 것과 중요하지 않은 것을 구별하며 전자를 중심으로 다양한 사건들, 사실들을 결합한다. 이 과정에서 무한한 속성들, 사실들, 가능성들의 더미 중에서 극히 일부가 선택되어 스토리 속에 받아들여지고 나머지는 배제된다. 그것이 볼프 슈미트가 말하는 선별 작업이다. 화자가 스토리 구성을 위해 사태를 대상으로 수행하는 선별 작업은 담화로 코드화되어 독자에게 전달된다. 스토리 층위에서 선택과 배제의 대립은 코드화된 담화 층위에서 말해지는 것과 말해지지 않는 것의 대립으로 나타난다. 독자의 입장에서 말한다면 그것은 보이는 것과 보이지 않는 것, 조명되는 것과 어둠 속에 잠겨 있는 것 사이의 대립이다.

객관적으로 주어진 현실로서의 사태와 주관적 구성으로서의 스토리를 구별하는 볼프 슈미트는 선택된 것과 배제된 것, 담화 속에 명시된 것과 명시되지 않은 것의 경계선에서 스토리의 경계선을 본다. 사태가 담화 속에 명시된 것뿐 아니라 보이지 않게 함축된 부분까지 포함하는 대상 전체라면, 스토리의 범위는 선택되어 명시적으로 드러난 부분만에 국한된다는 것이다.

그래서 스토리는 텍스트 속에 명시적으로 서술되고 일정한 특성이 부여된 사실 관계들, 지칭되고 그 특성이 규정된 상황, 인물, 행위를 포괄한다. 서술된 사실 관계들은 오직 텍스트에 주어진 명시적 규정을 통해 그 특성이 구체화된 한에서만 스토리의 일부가 된다. 우리는 서술된 사실관계에 외적, 내적 상황, 행위, 특성 들을 덧붙여 생각할 수 있고 종종 그렇게 해야만 할 때도 있지만, 이 모든 것들, 그러니까 분명하게든 불분명하게든 함축되어 있는 모든 것은 선택되지 않은 사태의 무한한 계기들 사이에 영영 혹은 […] 잠정적으로 머물러 있게 된다.

_Schmid 2014, 224

톨스토이의 소설 『안나 카레니나』를 예로 좀 더 구체적으로 설명해보자. 슈미트가 말하는 것처럼 소설 속에서 묘사되는 안나 카레니나의 사회적 태도나 독서는 그녀가 가정과 학교에서 상당한 수준의 교육을 받았다는 것을 시사한다. 그러나 소설은 안나 카레니나의 부모에 대해서도, 그녀가 다닌 학교에 대해서도 전혀 언급하지 않는다. 따라서 소설의 스토리에 속하는 것은 소설 속에 언급된 특성만으로 이루어진 안나 카레니나다. 나머지 부분은 사태 속에, "사태의 무한한 계기들" 속에 묻혀 있다.

슈미트는 이처럼 선택과 배제, 명시성과 암묵성의 대립에 의거하여 사태와 스토리를 구분한다. 양자의 차이는 배제된 부분, 조명받지 못한 부분, 암묵적인 것으로 남아 있는 부분의 포함 여부에 있다. 그러나 이는 스토리를 협소하게 이해하거나 스토리의 경계선을 담화에서 말해진 것의 경계선과 부당하게 동일시한 데서 나온 결론이다.

　　슈미트의 주장이 가지는 문제점을 파악하는 데는 다시 그림의 비유가 도움이 될 것이다. 여기 한 인물의 초상화가 있다. 초상화는 그 인물의 얼굴과 상반신을 보여준다. 그 이하는 보이지 않는다. 그 초상화가 감상자에게 떠오르게 하는 것은 전체로서의 한 인간의 환영이다. 다만 하반신은 조명되지 않아서 보이지 않을 뿐이다. 우리는 그림이 끝나는 하단 경계선 너머에도 그 인물의 신체가 이어져 있음을 안다. 화가가 상반신까지만 그렸다고 해서, 그 초상화가 우리에게 하반신이 없는 불구의 인물을 보여주는 그림이 되는 것은 아니다. 하반신만이 문제는 아니다. 그림의 감상자는 그림을 통해서 직접 보지는 못해도 그 인물의 뒤통수와 등이 어떻게 생겼을 것임을 거의 자동적이고 무의식적으로 상상한다. 이를테면 그 인물의 뒤통수에 또 다른 얼굴이 있을 것이라고 생각하지는 않는다. 그림의 감상자는 그림이 보여주는 부분을 가지고 어떤 전체의 상을 만들어낸다. 전체는 아니라 하더라도 언제나 그림이 보여주는 것 이상을 ‘본다.’ 그런 의미에서 그림 자체와 그림의 환영은 구별된다.

　　상반신 초상화는 한 인간의 환영을 불러일으킨다. 이때 전체로서의 환영은 그림이 전체에서 어떤 부분을 보여주는지, 그리고 그 부분을 어떻게 묘사하는지에 따라 달라질 것이다. 예를 들어 감상자의 의식에 떠오르는 환영에서는 보이지 않는 인물의 하의도 은연중에 스타일이나 품질 면에서 그림이 보여주는 상의와 어울릴 만한 것으로 보충된다. 양복 정장 상의를 입은 남성 인물의 상반신을 보면 하반신을 보지 않고도 그 인물이 양복바지를 입고 있다고 생각하게 되는 것이다. 이처럼 그림이 감상자의 의식에 불러일으키는 것은 그림이 실제로 보여주는 것 이상의 전체에 대한 환영이며, 이때 전체는 그림 속의 부분에 절대적으로 규정받는다. 명시적인 부분이 암묵적인 부분을 포함하여 전체를 대표한다. 이 때문에 그려지지 않은 부분에 더욱 흥미롭고 전체의 이미지에 결정적인 영향을 줄 만한 내용이 숨어 있으리라고는 잘 생각하지 못하는 것이다. 그림이 우리 눈앞에 보여주는 부분은 보이지 않는 부분까지 아우르는 전체를 함축한다. 그렇게 함축된 부분이 없다면 그림은 결코 한 인간의 환영을 불러일으킬 수 없을 것이고, 실제 대상을 다소 닮은 기이한 파편으로밖에 지각되지 않을 것이다.

그림에 관한 이상의 고찰은 우리가 논의하고 있는 이야기의 문제에 그대로 적용된다. 화자는 초점화를 통해 사태에서 스토리를 만들어낸다. 앞에서도 설명한 것처럼 스토리 구성을 위해 사태의 특정한 부분이나 측면에 초점이 맞추어진다면, 그렇게 설정된 초점은 스토리가 담화로 변환될 때 어느 부분을 명시적으로 이야기할 것인지, 암시만 할 것인지, 아예 서술에서 배제할 것인지, 이야기를 한다면 얼마나 자세히 할 것인지 등을 결정한다. 역으로 독자가 담화를 해독하여 스토리를 읽어내는 과정에서는 명시적으로 말해진 부분과 말해지지 않은 부분의 경계선은 다시 초점의 문제(어디에 초점이 놓이는가)로 환원된다. 담화는 말하자면 그림이다. 화가가 대상에서 주목한 부분이 화폭에 담긴다. 화가가 대상의 어떤 부분에 주목하는가의 문제는 그림의 층위에서는 어떤 부분이 화폭에 담기느냐, 무엇이 화폭 속에 있느냐 없느냐의 문제가 된다. 역으로 그림의 감상자는 그려지지 않은 부분에 대해 그것이 아예 없다고 생각하는 것이 아니라 단지 주목할 만하지 않기에 그려지지 않은 것으로 받아들이고 이를 그림 속에 그려진 부분에 준하여 막연하게 상상하면서 대상 전체의 상을 구성한다. 감상자는 그림 속에 있는 것과 없는 것의 차이를 대상 가운데 중요한 것과 중요하지 않은 것의 차이로 되돌린다. 스토리와 담화의 관계도 이와 마찬가지다. 스토리 층위에서 의미의 경중의 차이가 담화 층위에서는 있음과 없음(말해지느냐 말해지지 않느냐, 담화 속에 언급이 있는가 없는가)의 차이로 과장된다. 그러니 담화의 경계선을 곧 스토리의 경계선과 동일시해서는 안 된다. 초점의 코드화인 담화의 경계선은 탈코드화를 통해 다시 초점의 문제로 귀환하여야 한다.

톨스토이의 화자는 안나 카레니나와 브론스키의 만남과 그 비극적 결말에 초점을 맞추기 때문에 그녀의 성장기는 담화에서 아예 배제해버린다. 그러나 소설의 담화가 독자에게 떠오르게 하는 한 여성으로서의 안나 카레니나는 그녀가 소설에서 카레닌의 아내로 처음 등장한다고 해도, 게다가 소설의 담화 속에 그녀의 부모에 대해서도, 학교에 대해서도, 결혼 전 시절에 대해서도 일체 언급이 없다고 해도, 카레닌의 아내로서 비로소 존재하기 시작하는 것이 아니다. 그녀의 존재 자체가 그렇게 존재하는 데 필연적으로 전제되는 모든 과거를 함축하고 있고, 고위 관료의 아내인 그녀의 현재 모습에서 독자는 그녀가 어떤 가정적·사회적 배경에서 성장하고 어떤 교양을 쌓아왔는지에 대해 불확정적으로나마 감을 가지게 마련이다. (물론 그러한 감의 구체성의 정도는 독자가 소설의 배경이 되는 제정 러시아의 사회와 문화에 대해 어떤 관념을 가지고 있느냐에 따라 상당한 편차가 있을 것이다.) 소설은 안나 카레니나를 소설 담화 속에 명시적으로 규정되어 있는 특성만을 갖춘 인간으로 환원시키는 것이 아니라, 그렇게 선택적으로 명시된 특성을 통해서 인간 전체로서의 안나 카레니나, 어떤 부모에게서 태어나 카레닌과 권태로운 결혼 생활을 이어오기까지 살아온 모든 역사를 지닌 인간으로서의 안나 카레니나를 환기하는 것이다. 담화가 독자의 의식에 떠오르게 하는 스토리는 그 모든 함축적 부분을 포괄한다. 담화는 부분적이지만 스토리는 언제나 그것을 넘어선다. 그림이 부분밖에 보여주지 않더라도 거기서 나타나는 환영은 그림의 부분성을 넘어서는 것처럼 말이다. 그리고 그림이 보여주는 부분, 이를테면 상반신의 상의가 그림 속에 그려지지 않은 함축적 부분인 하반신의 하의에 대한 일정한 추측을 유발하는 것과 마찬가지로, 담화에 선택적으로 명시된 인물의 특성은 그 인물의 이야기되지 않은 면에 대해서도 많은 것을 말해준다.

신데렐라의 계모는 두 딸을 데리고 이야기에 처음 등장한다. 그녀의 과거에 대해서는 전혀 이야기되지 않지만, 현재의 상태에 대한 서술은 당연히 계모가 어떤 삶을 살아왔는지를 어느 정도 짐작하게 한다. 더 나아가서 계모가 그 이후에 신데렐라에게 저지른

악행에 대한 모든 서술은 이 인물에 대해서 더 알아야 할 것이 없다고 느껴질 만큼 충분히 그녀의 본질을 보여준다. 담화는 계모의 삶에서 극히 일부분을 이야기할 뿐이지만 독자는 그것만으로도 그녀에 대해 알아야 할 것은 다 알았다고 느끼는 것이다. 부분은 전체를 대표한다. 그러하기에 우리는 그녀가 어떻게 성장하고 결혼했으며 어떻게 남편을 잃었는지 등등의 세세한 사실에 대해서는 알지 못하면서도, 적어도 은연중에 계모의 과거에 대해 어떤 부정적 의미의 확신에 빠져든다. 즉 그녀의 과거에서 신데렐라와의 갈등을 다르게 보게 만들 만한 어떤 요인, 계모의 다른 인간적 측면을 드러낼 어떤 중요한 일은 없었을 것이라는 굳은 믿음을 가지게 되는 것이다.

이처럼 담화에 명시된 부분뿐만이 아니라 그 너머에 암묵적으로 전제되고 함축된 부분까지도 스토리에 속한다고 한다면, 스토리와 사태를 슈미트와는 다른 방식으로 구분해야 할 필요성이 제기된다. 이미 살펴본 것처럼, 슈미트는 스토리를 명시적인 부분과 동일시하면서 암묵적인 부분은 규정되지 않은 "사태의 무한한 계기들" 사이에 남아 있는 것으로 본다. 그래서 사태는 선택된 것과 선택되지 않은 것, 명시적인 것과 암묵적인 것을 포괄하지만 스토리는 선택된 부분, 담화에 명시된 부분만으로 이루어진다고 본 것이다.

그러나 그림과의 비유를 통해서 우리는 조명된 것과 조명되지 않은 것, 명시적인 것과 암묵적인 것을 포괄하는 것이 사태만의 특성이 아님을 확인할 수 있었다. 초상화의 모델이 된 실제 인물이 상반신과 하반신을 지니듯이, 그 그림에서 환기되는 인물 역시 상반신과 하반신을 모두 지닌다. 설사 초상화가 인물의 상반신만을 보여준다고 하더라도 말이다. 같은 논리에서 소설의 담화가 안나 카레니나를 브론스키와 처음 만날 무렵부터 비춘다고 해도, 안나 카레니나의 이전 삶은 스토리 속에 함축된 상태로 담겨 있다. 스토리는 사태에서 오려낸 어떤 것이 아니다. 스토리는 사태의 일부분이 아니다. 사태가 전체라면 스토리도 전체다.

사태와 스토리의 차이는 다음과 같이 설명해야 할 것이다. 사태는 초점화 작업을 통해 스토리가 된다. 그래서 명시적인 것과 암묵적인 것, 조명되는 부분과 어둠에 묻힌 부분 사이의 경계선은 스토리 자체 내에 있다. 그리고 어떤 부분이 어떻게 조명되느냐에 따라 나머지 부분, 즉 어둠 속에 보이지 않게 남아 있는 부분도 다르게 상상된다. 그림에서 드러나는 상의의 상태가 보이지 않는 하의에 영향을 주듯이 말이다. 화자는 어떤 관습과 도식, 주관적 관심과 가치관에 따라 대상의 한 측면을 보여줄 뿐이지만 그것이 담화 속에 말해지지 않은 부분까지 규정하면서 전체를 대표하는 부분이 된다. 그런 방식으로 담화가 불러일으키는 사태의 환영이 바로 스토리다.

반면 사태에는 보이는 것과 보이지 않는 것, 명시적인 것과 암묵적인 것, 중요한 것과 중요하지 않은 것의 구별 자체가 존재하지 않는다. 사태는 아직 어떤 초점도 없이, 어떤 조명도 받지 않은 채,

어떤 의미와 가치로도 채색되어 있지 않은 현실 자체이며, 장차 어떻게 초점화되느냐에 따라 일정한 스토리로 구성될 수 있는 잠재력이다.

화자는 사태에 초점을 배분하고 선택된 것과 선택되지 않은 것, 중요한 것과 중요하지 않은 것, 가치 있는 것과 가치 없는 것 사이에 경계선을 그으며 스토리를 구성한다. 이때 선택된 것이 선택되지 않은 것을 결정하고 극히 한정적인 부분이 "무한한 계기를 지닌" 전체를 대표하는 제유적인 메커니즘이 작동한다. 그 결과 화자가 스토리 구성 과정에서 사태에 부여하는 가치와 의미는 사태 자체의 객관적 속성으로 나타난다. 화자가 인물의 삶 가운데 어떤 시기를 중시하지 않기에 건너뛰거나 아주 개략적으로 언급하고 지나간다면 그것은 그 시기에 실제로 어떤 중요한 일도 일어나지 않았기 때문이다. 이렇게 해서 스토리 구성의 부분성과 특수성은 부정된다. 부분이 전체가 되고 특수가 보편이 된다. 그리하여 주관적 구성물인 스토리가 객관적 소여인 사태의 자리를 대신한다.

스토리 구성 과정에서 초점의 바깥으로 밀려난 암묵적인 부분, 덜 조명된 부분, 중요하지 않은 세목으로서 배경에만 머물러 있는 부분, 요컨대 스토리에서 가장 흥미롭지 않은 부분이 스토리와 사태의 관련성을 고찰하는 현재 논의의 맥락에서는 역설적이게도 특별히 주목해야 할 대상으로 나타난다. 스토리는 그 자체가 하나의 역설적 구성물이다. 초점화를 통한 선별 과정을 거쳐 구성되면서도 초점에서 벗어나는 부분을 여전히 자신의 일부로 포함하기 때문이다. 조명받지 못하는 스토리의 어두운 부분, 스토리의 '배제된 내부'는 위에서 말한 것처럼 명시적인 부분에 어떤 새로운 의미도 보태주지 못하고 오히려 명시적 부분에 따라 그 의미와 가치가 자동적으로 결정되는 종속적 지위밖에 누리지 못한다. 하지만 그것은 명시적으로 규정되지 않는다는 데 그 본질이 있기 때문에 어떤 의미에서는 초점화의 영향력에서 가장 자유로우며, 늘 어떤 다른 의미와 가치, 다른 스토리가 출현할 수 있는 가능성을 간직하고 있다. 화려한 상의를 입고 있는 상반신 초상화 속의 인물이 하의는 깜짝 놀랄 만큼 초라한 차림을 하고 있을 수도 있다. 그림은 상의에 걸맞은 멋진 하의를 암시만 할 뿐, 그것을 직접 보여주지는 않기 때문이다. 이런 의미에서 스토리의 암묵적인 부분은 스토리 구성의 틀을 넘어서는 사태의 지평으로 연결될 가능성을 지니며, 그리하여 특수한 스토리 구성이 제유의 메커니즘을 통해 가리려 하는 다른 의미화를 향한 사태의 잠재력을 재활성화하는 데 기여할 수 있다. 그런 의미에서 스토리는 자체 내에 스토리 구성을 해체할 파괴적인 싹을 품고 있는 셈이다.

탈초점화: 사태를 향한 독해

암묵적인 것, 조명받지 못한 것의 잠재력은 특히 스토리의 초점이 불안정한 경우에 구체적인 가능성으로 모습을 드러낸다. 담화가 진행되는 과정에서 초점이 옮겨가면 이전 초점의 견지에서 중요하지 않기에 누락되었던 부분이 새롭게 중요성을 띠게 되고 이로써 사태 전체를 재조명하고 스토리를 다시 구성해야 할 필요성이 제기된다. 「개구리 왕자」에서 바로 그런 문제가 발생한다. 이 동화의 화자는 앞에서 본 것처럼 개구리에게서 벗어나려 하는 공주에게 초점을 맞춘 나머지 일반적으로 더 중대한 문제로 여겨질 수 있는 왕자의 변신에 관해서는 뒤늦게 간략하게, 그것도 간접적인 방식으로 언급할 뿐이다. 그러나 이야기의 결말부에서 왕자의 불행을 가장 중요한 문제로 인식하는 충신 하인리히가 등장하면서 초점도 그쪽으로 이동하고, 이에 따라 왕자의 변신 경위가 거의 암묵적 상태로 남아 있다는 사실은 독자에게 이야기의 중요한 부분이 누락되었다는 결핍감을 일으킨다. 화자가 애초에 결정한 초점이 흔들리고 새로운 초점이 떠오르면서 화자가 명시적으로 이야기하는 부분과 독자가 자세히 알고 싶어 하는 부분 사이에 커다란 괴리가 발생하는 것이다. 그러한 괴리가 실제로 문제시되었으리라 짐작하게 하는 중요한 정황적 증거가 있다. 왕자가 인간으로 돌아온 뒤에 공주에게 들려주는 변신 경위에 관한 간략한 설명조차("왕자는 공주에게 이야기했다. 자신은 악한 마녀에게 저주를 받았고 샘물에서 자신을 구해줄 수 있는 사람은 오직 공주뿐이었다고." Brüder Grimm 1993, 42) 1840년에 발간된 4판에 처음 들어간 것이고, 그림 형제의 동화집 초판(1812)에서 3판(1837)까지는 하인리히가 왕자의 변신에 대해 몹시 비통해했다는 것이 이 사건과 관련된 유일한 언급이었다.[36] 마녀의 저주조차 민담의 문맥으로 겨우 추정할 수 있는 암묵적 전제로 남아 있었던 것이다(보통 왕자들은 마녀나 마법사의 저주 때문에 동물로 변신한다). 아마도 이러한 결핍에 대한 독자들의 불만이 훗날 소략한 형태로나마 왕자의 이야기를 삽입하게 하는 압력이 되었을 것이다. 그러나 삽입된 내용도 여전히 너무나 추상적이어서 공주가 황금공을 잃은 때부터 겪은 일에 대한 상세하고 구체적인 서술과는 뚜렷한 대비를 이룬다.

36) 초판에서 1837년에 나온 3판까지 왕자가 본 모습을 찾고 난 뒤의 상황은 대체로 다음과 같이 서술되어 있다. "그러나 아래로 떨어진 것은 죽은 개구리가 아니라 아름답고 친절한 눈빛의 살아 있는 젊은 왕자였다. 이제 그 왕자는 법과 공주 아버지의 뜻에 따라 공주의 다정한 친구이자 신랑이 되었다. 그들은 기분 좋게 함께 잠들었고, 다음 날 아침 햇살에 깨어났을 때 백마 8필이 끄는 마차 한 대가 도착했다…"(Brüder Grimm 1837, 5) 초판은 표현이 다소 다르지만 내용은 대동소이하다. 마녀의 저주에 관한 이야기는 4판부터 위 두 번째 문장과 세 번째 문장 사이에 삽입되었다.(Brüder Grimm 1840, 5)

화자가 제대로 말하지 않는 부분에 대해 독자가 불만을 갖거나 아니면 거기서 화자가 생각하는 것과는 다른 의미의 가능성을 발견하게 되는 것은 특히 '신뢰할 수 없는 서술자'가 등장하는 소설에서 전형적으로 나타나는 현상이다. 화자의 세상에 대한 태도, 가치관, 대상에 대한 인식이 일반적인 도덕적 관념이나 상식에서 동떨어져 있어서 그의 스토리 구성이 독자의 신뢰를 받기 어려운 경우, 그리고 그 화자와 명백히 구별되는 인격을 가진 소설의 작가가 신뢰할 수 없다는 특성을 화자에게 의도적으로 부여한 것으로 인지되는 경우, 그러한 화자를 '신뢰할 수 없는 화자'라고 부른다. 이때 독자는 화자가 수행하는 선별 작업, 즉 초점과 조명의 배분 자체에 대해 의심을 품게 되고 화자가 말하지 않는 부분을 통해 화자가 말하는 것을 다시 해석하려는 경향을 보인다. 혹은 그렇게 하도록 작가에게 유도당한다.

우리는 이를테면 애드가 앨런 포의 단편소설 「아몬티야도 술통」에서 그런 신뢰할 수 없는 화자를 만난다. 화자는 이탈리아의 귀족인 몽트레조르이다. 몽트레조르는 친구 포르투나토에 대한 적의와 끔찍한 계획을 철저히 감춘 채 아몬티야도라는 귀한 포도주의 감정을 구실로 그를 자신의 저택 지하에 있는 포도주 창고로 유인하여 가장 깊은 굴에 묶어두고 벽을 쌓아 생매장해버린다. 몽트레조르는 그 후 50년이 지나 어떤 지인에게 이 일을 이야기해주는데, 그의 이야기는 스스로 저지른 범죄에 대한 참회록과는 거리가 멀다. 그는 이 사건을 불의에 대한 정당한 응징으로 규정하며 자신이 불의를 바로잡는 자redresser라고 주장하지만, 그가 살인을 위해 사용한 모든 술수와 수단, 그 방법의 잔인함은 그의 주장에 공감하기 어렵게 만든다. 게다가 포르투나토는 지하 굴 속에 묶이기까지 내내 자신이 몽트레조르에게 복수심이나 원한 감정을 불러일으킬 행동을 했다는 것을 꿈에도 알지 못하는 듯한 태도를 보인다. 그런 만큼 불의를 바로잡겠다는 화자의 말에 독자가 일말의 이해심이라도 가질 수 있으려면 포르투나토의 악행이 상당히 자세하고 구체적으로 서술되지 않으면 안 될 것처럼 보인다. 그러나 화자는 서두에서 단지 다음과 같이 말할 뿐이다.

> 그동안 포르투나토가 내게 너무나 많은 상처를 주었지만, 난 최선을 다해 참아왔다. 하지만 그가 감히 나에게 모욕까지 주자 더 이상 참을 수 없다고 생각했고, 반드시 복수하고야 말겠다고 굳게 다짐했다.
>
> _포 2013, 270

포르투나토가 화자에게 수없이 주었다는 상처는 어떤 것인가? 포르투나토가 무엇으로 화자를 모욕했는가? 화자는 실제로 포르투나토가 무슨 행동과 말을 했는지 일체 말하지 않고 이에 대한 자신의 포괄적 판단만을 제시한다. 구체적 내용은 화자의 주장의 암묵적인 전제로서만 주어져 있을 따름이다. 그러나 화자가 이야기 전반에 걸쳐 일반적인 상식에서 매우 동떨어진 가치 의식을 드러내고 있기에, 화자가 받았다고 주장하는 상처와 모욕이 잔인한 살해의 죄를―역시 일반적인 관점에서―어느 정도라도 경감해 줄 만큼 심각한 것이었으리라고 확신하기는 쉽지 않다. 독자는 화자의 담화에서 암묵적으로 남겨진 부분을 화자가 의도한 스토리 구성의 방향에 따라 그대로 받아들일 수 없는 상황에 처하게 된다. 몽트레조가 명시적으로 말하는 부분은 사태 전체를 대표하지 못한다.

이처럼 화자를 신뢰할 수 없는 독자의 시선은 그 의심스러운 스토리 구성 이전의 사태를 향하게 된다. 독자는 이제 스토리에서 화자가 분명하게 말하지 않는 부분을 화자의 명시적인 주장이 지시하는 것과는 다른 방향에서 상상하면서 이로부터 새로운 스토리를 끌어내려고 시도한다. 그것은 몽트레조르가 자신의 계획을 실행하는 과정에서 흘리는 다양한 암시를 따라가면서 그가 포르투나토를 왜 그렇게 증오했는지, 어떤 문제 때문에 포르투나토를 그토록 잔혹하게 죽여야 했는지를 재구성하는 작업이다. 몽트레조르는 자신의 이야기를 듣는 누군가에게 "내 영혼의 본성을 그토록 잘 아는 자네"(포 2013, 270)라고 말하지만, 정작 소설의 독자에게는 몽트레조르의 영혼이야말로 결코 어떤 당연한 암묵적 전제로 받아들일 수 없는, 새로 발굴되어야 할 깊은 어둠의 굴 같은 곳으로 나타난다.

지금까지 사태에서 스토리를 구성하는 원리로서의 초점화와 스토리를 담화로 변환하는 코드화 원리로서의 시점화가 근본적으로 상이한 성격의 서사 작업이라는 입장에서 논의를 진행해왔는데, ‘신뢰할 수 없는 화자’라는 장치는 이러한 구별의 의미에 대해 더 깊이 숙고해볼 것을 요구한다. 독자가 화자의 스토리를 신뢰하지 않고 그 스토리 구성이 감추고 배제한 것에 대해 다시 생각하며 거기서 다른 스토리 구성의 가능성을 떠올린다면, 이는 독자의 이야기 수용 과정이 담화의 해독을 통해 스토리를 받아들이는 것으로 끝나지 않고, 구성된 스토리를 해체하는 데까지, 즉 탈구성, 탈초점화에까지 나아간다는 것을 의미한다. 이를 어떤 메시지가 발신자에게서 수신자에게 전달되는 커뮤니케이션 과정으로 본다면, 발신자가 보낸 신호가 의도대로 해독되지 못하고 그가 전달하고자 하는 메시지와는 다른 메시지가 수신자에게 전달되는 상황이라고 할 수 있을 것이다.

그런데 이 지점에서 다음과 같은 의문이 제기될 수 있다. 과연 이러한 커뮤니케이션 과정에서 신뢰할 수 없는 화자가 발신자라고 할 수 있을까? 만일 신뢰할 수 없는 화자의 배후에 독자로 하여금 화자의 스토리 구성을 해체하고 그 너머의 사태로 돌아가 다른 스토리 구성의 가능성을 상상하도록 유도하는 작가가 서 있다면, 바로 이 작가야말로 발신자요, 독자에게 암시된 ‘진짜’ 스토리가 이 발신자의 메시지라고 할 수 있지 않을까?

이런 관점에서 ‘신뢰할 수 없는 화자’는 커뮤니케이션의 주체가 아니라 궁극적인 의미에서 소설의 발신자인 작가가 자신의 메시지를 전달하기 위해 사용하는 매개적 장치로 나타난다. 화자의 초점화와 스토리 구성은 작가가 발신자로서 전달하고자 하는 메시지를 의도적으로 변형시킨 것이며, 독자는 작가의 메시지 혹은 스토리를 복원하기 위해 신뢰할 수 없는 화자의 스토리를 탈초점화하고 해체(탈구성)해야 한다. 역으로 말하면 작가는 바로 그러한 독자의 반작용을 예상하고, 신뢰할 수 없는 화자를 통한 초점화와 스토리 구성 작업을 수행하는 것이다. 그렇다면 초점화는 여기서 코드화로서의 성격을 띤다고 할 수 있을 것이다.

이 특수한 조건하에서 초점화는 시점화에 접근한다. 신뢰할 수 없는 화자의 초점화는 스토리를 객관적인 것으로 보이게 만드는 은폐된 주관화가 아니라 겉으로 드러나 있는 주관화이며 독자는 화자의 스토리가 사태에 대한 불완전하고 편향된 구성물임을 깨닫는 순간 이를 극복하여 더 객관적인 스토리를 복원하기 위해 탈초점화 작업을 시도하게 된다. 그것은 특정한 주체의 주관적 경험 과정에 따라 시점화된 담화가 이를 탈시점화하여 사건의 객관적 질서를 재구성하려는 독자의 반응을 이끌어내는 것과 같은 원리다.

표준적인 스토리 구성 원리인 초점화는 독자에게 초점화의 특수성과 우연성을 간파당하지 않는 한에서 제대로 작동한다. 이때 화자가 독자에게 전달하는 스토리는 이야기 세계의 최종적 현실과 동일시된다. 부분이 전체로, 특수성이 보편성으로 치환된다. 초점화는 이야기가 전하는 메시지를 생성하는 원리일 뿐, 메시지 해독을 위해 이해해야 할 코드화의 원리는 아니다. 반면에 신뢰할 수 없는 화자를 장치로 사용하는 소설처럼 스토리 너머에 사태의 차원이 있고 사태에 비해 스토리가 부분적이고 특수한 주관적 구성물임을 스스로 드러내는 이야기도 존재한다. 이러한 이야기에서 독자는 스토리가 초점화의 산물임을 인식하고 탈초점화를 통해 스토리 너머의 사태에 대한 상상으로 나아가도록 유도된다. 독자는 초점화를 독해하고 구성된 것을 해체함으로써 비로소 이야기의 진정한 메시지에 접근할 수 있다.

그런데 화자의 스토리 너머를 보게 하려는 어떤 숨은 의도가 있을 법하지 않는 듯한 이야기, 화자의 스토리 구성을 그대로 객관적이고 보편적인 것으로 받아들여야 할 듯한 이야기에서도 초점화가 만들어낸 어둠의 지대에서 기존의 스토리를 전복하고 다른 스토리 구성의 가능성이 나타나지 말라는 법은 없다. 독자 쪽에서 부분적인 것을 전체적인 것으로, 특수한 것을 보편적인 것으로 확대 포장하는 담화의 제유적 전략을 의심하고 적극적으로 담화가 생산하는 스토리 너머의 사태에 대해 상상하려고 노력한다면 말이다. 이는 독자가 의식적으로 화자의 의도에 역행하며 화자의 스토리를 거슬러서 이야기를 읽고자 할 때 이야기에 대한 더 풍요로운 독해의 길이 열릴 수도 있음을 시사한다.

다음에 제시하는 「당나귀와 노새」라는 이솝우화는 그러한 독해 가능성의 좋은 예를 제공해준다.[37]

---

37) 이 우화의 다른 판본인 「말과 당나귀」에 대한 분석은 졸저 『우화의 철학』에서도 시도된 바 있다.

당나귀와 노새

한 당나귀 몰이꾼이 당나귀와 노새의 등에 짐을 싣고는 그들을 몰고 가고 있었다. 평탄한 길을 가는 동안에는 당나귀도 짐의 무게를 견디어낼 수 있었다. 하지만 산중에 이르자 당나귀는 더 이상 짐을 지고 갈 수 없는 지경이 되었고, 그래서 노새에게 자신의 짐을 좀 나누어 져달라고 부탁했다. 그래야 나머지 짐이라도 계속 지고 갈 수 있으리라는 것이었다. 하지만 노새는 당나귀의 말을 무시해버렸고, 그러자 당나귀는 그냥 쓰러져 죽어버렸다. 이제 당나귀 몰이꾼은 다른 도리가 없었다. 그는 당나귀의 짐을 노새에게 옮겨 싣는 데 그치지 않고, 당나귀 가죽까지 거기에 더 얹었다. 이제 만만치 않은 짐을 등에 지게 된 노새는 이렇게 혼잣말을 했다. "나도 이런 꼴을 당해도 싸지. 당나귀가 조금만 짐을 덜어달라고 했을 때 그 말을 들어주었더라면 지금 당나귀의 짐을 전부 다 떠안고 게다가 그 녀석까지 지고 가야 하는 신세는 면했을 텐데."

이 우화는 채무자에게 조금도 양보하지 않다가 빌려준 돈을 전부 잃는 채권자의 상황에 대한 비유로 읽히기도 하고(Äsop 2005, 183) "강자가 약자를 도와주면 둘 다 목숨을 보존"(이솝 2013, 163)할 수 있다는 교훈을 담은 것으로 해석되기도 한다. 실상 우화 자체가 등장인물 중 하나인 노새의 마지막 말을 통해 그런 교훈을 잘 요약하고 있는데, 그것은 특히나 교훈대로 행동하지 않아서 피해를 입은 당사자의 말이어서 더욱 설득력 있게 들린다. 요컨대 노새가 당나귀를 도와주었어야 한다는 것이 우화의 결론이고 스토리는 이에 맞추어 구성되어 있다.

스토리 구성의 특징을 파악하기 위해서는 우선 우화의 제목부터 살펴볼 필요가 있다. 제목은 「당나귀와 노새」로서, 여기에서 벌써 이 우화의 화자가 무엇에 초점을 맞추고 있는지가 드러난다. 우화에는 총 세 등장인물이 등장한다. 당나귀 몰이꾼, 즉 사람과 당나귀와 노새다.[38] 그중에서 우화의 제목은 당나귀와 노새만을 언급한다. '당나귀와 노새'라는 제목에서 이미 우화가 세 인물 중 두 인물에게 초점을 맞추고 있으며 우화의 교훈도 이 두 인물의 관계에서 도출될 것임이 예고된다. 적어도 제목만 보면 사람은 이야기의 초점에서 밀려나 아예 보이지 않게 된다.

우화 「당나귀와 노새」의 담화가 초점을 두는 문제는 당나귀의 과도한 짐이다. 당나귀는 이 문제를 어떻게 해결하려 하는가? 당나귀의 노력이 실패로 돌아갔을 때 그 결과는 무엇인가? 스토리는 바로 이러한 물음을 중심으로 구성되어 있다. 사람도 이 과정에 관여하고 영향을 미치는 한에서 일정한 조명을 받는다. 그는 스토리에서 중요한 의미를 지닌 두 차례의 행위를 하는 행위자로서 등장한다. 첫째, 사람은 애초에 당나귀와 노새의 등에 짐을 나누어

---

38) 당나귀와 노새는 동물이지만 의인화된 존재로 등장하기에 인물로 지칭한다.

실음으로써 당나귀의 과도한 짐이라는 문제를 만든 인물이다. 둘째, 사람은 당나귀가 자신의 문제를 해결하지 못하고 죽었을 때, 당나귀의 짐과 가죽을 노새에게 옮겨 실음으로써 상황을 수습하는 역할을 한다.

이처럼 사람은 스토리의 핵심을 이루는 문제를 만들고 수습하는 역할을 하는데도 그의 존재감은 당나귀와 노새에 비하면 미미하게 느껴진다. 왜 그럴까? 화자가 사람에 대해 언급하고 그의 행위를 이야기하기는 하지만 그것에 대해 주의하도록 유도하지는 않기 때문이다. 그러면 화자는 한 인물을 어떻게 초점 바깥으로 밀어내는가?

이 물음에 대한 답은 스토리의 초점이 무엇보다도 문제적인 것, 불확정적인 것, 이럴 수도 저럴 수도 있는 미결정 상태를 선호한다는 사실에서 찾을 수 있다. 설사 사안 자체가 아무리 중요한 것으로 인식된다고 해도 거기에 불확실성이 따르지 않는다면 초점 밖으로 밀려날 가능성이 크다. 산소는 생명에 절대적으로 필요하기에 너무나 중요한 것이지만, 산소가 풍족하여 이와 관련된 어떤 문제도 발생할 염려가 없는 상황에서는 생명에 대한 산소의 기능적 중요성에 초점을 맞춘 스토리가 생성되기는 어렵다.

인물의 행위가 어떻게 초점화되는가 하는 문제도 이러한 원리에 따라 설명할 수 있다. 스토리 속에서 인물의 행위가 의미를 지니려면 우선 초점의 핵을 이루는 이야기의 근본 문제가 해결되는 과정에서 일정한 기여를 한 것으로 인정되어야 한다. 하지만 그 기여가 단순히 절대적 의미에서 크다고 해서 초점화의 중심 지대에 당연히 들어오는 것은 아니다. 어떤 법안을 둘러싸고 여당과 주요 야당이 팽팽하게 대립하고 있는 상황을 생각해보자. 이런 경우 흔히 초점은 의회에서 소수 의석으로 표결 결과를 좌우할 수 있는 제3당에게 쏠린다. 어떤 법안이 제3당의 지지를 얻어서 여당의 의도대로 통과되었다고 하자. 그 결과를 만들어내는 데 더 큰 기여를 하는 것은 물론 제3당보다 훨씬 더 많은 표를 해당 법안에 던진 여당이다. 그러나 그 다수의 표는 이미 처음부터 결정되어 있는 것이기에 덜 흥미롭다. 초점은 제3당이 여당에 협조할 것이냐 야당과 연대할 것이냐 하는 문제에 집중되고, 이 때문에 결과적으로도 제3당이 훨씬 더 중요한 역할을 한 것으로 느껴진다. 불확실한 변수가 되어야 주목받을 수 있다.

바로 이 때문에 스토리에서 어떤 행위나 사건이 그냥 원인이 아니라 중요한 원인으로 지각되기 위해서는 무엇보다도 우연이나 자유의지에 따른 선택의 계기가 그 속에 포함되어 있어야 한다. 그래야만 그 사건이 일어나지 않을 수도 있었고, 그 행위가 행해지지 않을 수도 있었다는 의식, 그리하여 주어진 스토리와는 완전히 다른 결과가 나올 수도 있었으리라는 대안적 가능성에 대한 의식이 활성화된다. '이것만 아니었다면…'을 상상할 수 있게 해주는 우연적 변수가 결정적인 원인으로 여겨지며, 심지어 유일한 원인인 것 같은 환상을 불러일으키기도 한다. 반면 필연적으로 일어나게 되어 있는 사건, 자의적인 선택이 아니라 누구라도 그렇게 행동하도록 정해져 있는 것 같은 행위는 스토리의 결과에 아무리 큰 영향을 미친다 해도 굳이 따로 설명할 필요조차 없는 암묵적인 전제처럼 배경으로 밀려나기 마련이다.

사람이 모든 문제가 시작된 원인의 자리에 있으면서도 기이하게도 거의 주목받지 못하는 것도 이러한 이유 때문이다. 화자는 사람에 관해서 이야기할 때 그의 행위에 다른 대안적 가능성이 있을 수 있다는 것을 암시조차 하지 않는다. 그의 행위를 향해서 '꼭 그렇게 했어야 했나?'라는 질문은 어디에서도 제기되지 않는다. 모든 것이 자연스러운 사실인 것처럼 이야기될 뿐이다. 어떤 의미에서 사람의 행위로 인해 희생되었다고 할 수 있는 당나귀도 왜 자신을 부리는 주인이 체력 조건도 고려하지 않고 과다한 짐을 떠맡기는지 의문을 품지 않는다. 당나귀의 질문은 오직 노새만을 향한다. 노새가 나의 짐을 덜어줄 수 있을까? 노새는 그렇게 할 수도 있었을 것이다. 그러나 그렇게 하지 않았다. 그리하여 노새는 당나귀의 죽음에 책임이 있는 유일한 원인 제공자로 지목된다. 노새가 도움을 거절해서 당나귀가 쓰러졌고, 그러한 몰인정함은 당나귀의 짐과 가죽을 다 떠안아야 한다는 징벌로 돌아오는 것이다.

그러나 당나귀의 죽음에는 최소한 두 가지 원인이 있다. 첫째, 사람이 처음부터 짐을 잘못 분배했고, 체력이 약해져가는 당나귀의 상태를 돌보지도 않은 것이다. 둘째, 그렇게 사람이 잘못했다 하더라도 노새가 인정 있게 굴었다면 당나귀가 살 수도 있었다는 의미에서 노새의 행동에서도 원인을 찾을 수 있다. 당나귀는 두 가지 원인으로 인해 죽음에 이른다. 여기서 사람의 행위와 당나귀의 행위 가운데 전자가 당나귀의 죽음에 훨씬 더 큰 역할을 했음은 두 말할 나위도 없다. 그러나 이 우화의 화자는 사람의 짐 싣는 행위를 그 누구도 의문을 제기할 수 없고 다른 선택의 가능성을 상상할 수도 없는 신적인 섭리처럼 다루면서 초점을 온통 당나귀의 선택에 집중시킨다.

이런 맥락에서 사람의 두 번째 행위, 즉 당나귀의 짐과 가죽을 노새에게 옮겨 싣는 행위에 대해 우화의 화자가 다른 수가 없었다고 말하는 것은 의미심장하다. 이로써 노새가 모든 짐을 혼자서 지고 가게 된 것 역시 당나귀의 죽음이 가져온 직접적 결과로 나타난다. 사람의 행위는 필연적인 것이어서 당나귀의 죽음 이후 짐이 옮겨지는 과정에서 어떤 변수도 되지 못하기 때문이다. '사람이 그렇게 하지 않았더라면'과 같은 가정은 여기서도 성립하지 않는다. 그리하여 마지막에 노새가 극히 불운한 상황에 빠져든 것은 순전히 당나귀를 죽게 내버려둔 노새 자신의 잘못 때문인 것처럼 보이게 된다. 그리고 그 인상은 사람의 조치에 대해 역시 아무런 의문도 표시하지 않고 스스로를 책망하기만 하는 노새의 마지막 말을 통해 재확인된다. 교훈은 완성된다. 어려운 자를 돕지 않음으로써 노새는 마땅히 받아야 할 징벌을 받게 된다는 것이다. 사건이 여기까지 진행되는 데 중요한 역할을 해온 당나귀 몰이꾼은 인과관계의 시퀀스에서 거의 비가시화된다.

그러나 우리가 사람의 행위를 움직일 수 없는 상수로서 배경에서 작용하는 어떤 절대적 조건으로 간주하기를 중단하고 그 행위를 향해 질문을 던지기 시작하면 우화가 이야기하는 스토리와는 완전히 다른 그림이 나타난다. 변방으로 밀려나 있던 사람의 행위에 초점이 맞추어지면서 이를 중심으로 새로운 스토리가 구성될 수 있는 것이다. 왜 사람은 짐을 당나귀와 노새의 체력에 적합하게 배분하지 않았는가? 왜 사람은 허약해져가는 당나귀의 상태를 살피지 않았는가? 당나귀가 노새의 선의에 의존하지 않고는 버틸 수 없는 상황이 된 것은 동물들을 잘 관리하고 그들에게 적절한 일을 배분할 책임이 있는 사람의 태만 때문이 아닌가?

우화가 사람의 행위 책임을 배경 속에 묻어버렸기에 짐을 더 받아주려는 개인적 선의만이 문제의 유일한 해결책인 것처럼 보이게 되었지만, 사람의 행위에 초점을 맞추어 전체를 다시 바라본다면, 이 우화는 한 사회 속에서 약자를 도울 줄 모르는 이기적인 강자에 관한 스토리가 아니라 강자와 약자가 공존하는 사회적 시스템을 관리하고 운영하는 지도자의 실패에 관한 스토리로 읽을 수 있을 것이다. 사람은 자신이 부리는 동물의 상태를 잘 살피지 않고 짐을 배분함으로써 결국 당나귀를 무리하게 혹사하고 죽음으로 몰아넣는다. 당나귀의 죽음에 대한 책임을 노새의 이기심에 돌린다면 노새가 마지막에 당나귀의 짐과 가죽까지 떠안게 된 것도 이에 대한 정당한 징벌이라고 할 수 있겠지만, 사람의 책임 문제를 중시한다면 당나귀에게 무리한 짐을 지웠던 주인의 무신경한 처사가 우화의 마지막에 가서 노새를 상대로 해서도 똑같이 반복되고 있다고 해석할 수도 있으리라. 그로 인해 노새의 생명도 위태로워질 것이며, 결국 사람은 당나귀뿐만 아니라 노새마저 잃게 될지도 모른다.

이는 「당나귀와 노새」를 「당나귀와 노새와 사람」으로 바꿔 읽는 작업이다. 그 작업을 통해 우화는 이기심에서 도움을 거절하다가 더 큰 손해를 감내해야 하는 노새에 관한 스토리에서 욕심만 많고 서툴러서 피지배자를 나락으로 떨어뜨릴 뿐만 아니라 자기 자신마저 곤경에 빠뜨리는 형편없는 지배자에 관한 스토리로 재구성된다.

물론 이러한 작업은 우화 화자의 의도에는 반하는 것이다. 이미 상론한 바와 같이 화자는 당나귀와 노새에 초점을 맞추면서 그들의 관계에서 교훈을 끌어내려 한 것이고, 그래서 정작 당나귀와 노새 사이에 문제를 일으킨 사람, 즉 당나귀 몰이꾼은 스토리 속에서 아무런 중요성도 없는 엑스트라처럼 밀려난 것이다. 하지만 그렇다고 해서 사람이 스토리에서 완전히 배제되는 것은 아니다. 바로 여기에 어떤 역설이 있다. 스토리는 부분으로 전체를 대표하기에 담화를 통해 명시되지 않은 것, 초점 바깥에 있어서 중요성을 지니지 않는 것을 여전히 포함한다. 스토리는 한편으로 화자가 자신이 전하고자 하는 의미에 맞추어 초점을 설정하고 사태를 변형시켜 만들어낸 구성물로서, 그런 만큼 사태에서 멀어진다. 그러나 초점에 맞지 않는 것, 화자의 의도와 동떨어지거나 모순되는 것도 스토리는 포함한다. 그런 요소들은 스토리의 암묵적인 지대에, 혹은 스토리가 중점적으로 조명하는 부분의 가장자리에 남아 스토리 구성 이전의 사태를 지시한다. 이런 점에서 스토리는 사태와의 연속성을 완전히 잃어버린 것은 아니라고 할 수 있다. 그렇기 때문에 우리는 사태가 스토리 속에 남겨놓은 흔적에 주의를 기울임으로써 스토리를 해체하고, 스토리가 설정한 경계선 너머의 사태의 지평에서 사고하면서 새로운 스토리의 가능성을 길어낼 수 있는 것이다. 그것을 탈초점화하는 독법, 탈구성적 독법이라고 이름 붙일 수 있겠다. 이러한 독법 앞에서 초점화는 스토리 구성의 주체가 의도하지 않는 코드화로, 스토리는 해독되어야 할 메시지를 코드화를 통해 숨기고 있는 기호로 나타난다.

맺음말

러시아 형식주의에서 파불라와 슈제트라는 이론적 개념 쌍이 처음 등장했을 때부터 이미 그 속에는 서사 층위론과 서사 구성론 사이의 긴장이 잠복하고 있었다. 러시아 형식주의 이후 현대 서사학의 체계화 경향 속에서 파불라/슈제트, 혹은 스토리/담화의 문제를 서사 층위론의 틀 안에서 보려는 경향이 지배적이었지만, 독일의 슬라브 어문학자인 볼프 슈미트는 러시아 형식주의 이래 파불라/슈제트 개념과 거기서 파생된 다양한 개념들을 검토하고 서사 층위 개념의 다양한 함의들을 모두 포섭할 수 있는 통합적인 이론을 구상하면서 층위론 전체를 구성론으로 재편하려고 시도한다. 그 결과가 슈미트의 관념 발생론적인 4층위 모델이다.

그러나 이 연구에서는 동적인 변형 과정의 이론으로 정적인 계층 구조를 기술할 수 없다는 것, 서사 층위론이 동시에 서사 구성론이 될 수는 없다는 것을 보여주려고 했다. 층위론은 층위론의 대상과 과제가 있고 구성론은 구성론의 대상과 과제가 있다는 것, 두 이론의 대상과 과제를 혼동하지 않아야 한다는 것이다. 그리고 이러한 문제의식에 입각하여 서사 층위론은 이야기 메시지의 층위인 스토리와 표현 층위인 담화 사이의 기호학적 관계에 관한 이론으로, 반면 서사 구성론은 이야기 밖의 현실에서 어떻게 이야기의 메시지, 즉 스토리가 구성되는지를 기술하는 이론으로 정의하였다. 그 차이는 다음과 같이 설명할 수도 있다. 서사 층위론은 이야기의 화자와 독자 사이에서 어떻게 메시지가 코드화되어 전달되는가 하는 문제가 중심에 놓인다는 점에서 커뮤니케이션 과정의 이론과 관련이 있고, 서사 구성론은 이야기 밖의 현실이 이야기 속의 내용이 되는 과정에서 어떻게 주관적으로 변형되고 가공되는지를 묻는다는 점에서 인식론적인 이론의 성격을 띤다.

두 이론의 의미와 대상 영역의 명확한 구분을 통해 얻은 성과를 회고해보자. 첫째, 스토리와 담화의 관계를 층위론의 틀 속에서 기호학적으로 정의함으로써 두 층위 사이의 차이를 일정한 코드에 따른 변환의 결과로 설명할 수 있었다. 설사 스토리와 담화가 어떤 측면에서 큰 차이를 나타낸다 하더라도 그 차이는 대체로 체계적인 코드화를 통해 생성된 것이며 무규칙하고 자의적인 조작의 결과가 아니다. 이러한 관점은 스토리에 대한 독립성, 스토리 순서에서의 자유로운 이탈 가능성을 담화의 특징으로 보고 바로 그 점 때문에 담화와 스토리를 구별해야 한다고 믿는 서사학적 전통과의 결별을 의미한다. 스토리와 담화의 거리, 담화의 자유로운 변형 가능성이 중시된 것은 스토리를 일종의 소재로 보고 그것에 가해지는 최대한의 예술적 가공에서 담화의 가치를 보려 한 슈클로프스키의 서사 구성론적 관념이 이후의 서사 층위론 속에까지 영향력을 발휘했기 때문이다. 하지만 서사 구성론과 확실히 분리된 서사 층위론은 스토리와 담화 사이의 연계 관계에 더 주목한다.

둘째, 스토리와 담화의 연계 관계에 주목한 결과로 우리는 스토리를 담화로 변환하는 코드로서 미메시스적 원리의 중요성을 재확인할 수 있었다. 스토리에서의 이탈을 담화의 미덕으로 보는 전통적 관점에서는 스토리의 시간적·인과적 순서를 충실히 재현하는 이른바 연대기적 원리는 가장 흥미롭지 못한 담화 구성법으로 간주되었다. 심지어 그런 단순한 미메시스적 담화는 스토리 자체와 동일시되기도 했다. 그러나 스토리와 담화의 관계를 코드적 연계 관계로 간주하고 나면 왜 미메시스적 원리가 동서고금을 불문하고 스토리와 담화 사이의 변환 코드로서 광범위하게 활용되는지도 잘 이해할 수 있게 된다. 그것은 가장 단순하고 직관적이어서 해독하기 쉽다는 장점을 지닌 코드인 것이다. 더 나아가 연대기적-미메시스적 코드에 대한 이해는 역설적으로 스토리와 담화의 분명한 구별을 가능하게 해준다. 스토리의 순서와 담화의 순서는 설령 양자가 거의 일치한다 하더라도 하나는 사건들의 발생 순서고, 다른 하나는 사건들에 관한 진술의 순서, 사건들에 관해 독자가 알게 되는 순서라는 점에서 근본적으로 상이한 질서에 속한다. 스토리와 담화는 순서가 다르기 때문에 구별되는 것이 아니라 순서의 성질이 다르기 때문에 구별되는 것이고, 바로 그러하기에 스토리와 담화가 아무리 유사해 보인다 해도 담화는 스토리의 코드화라고 이야기할 수 있는 것이다. 그 유사성은 사건 발생의 선후 관계(스토리의 순서)가 그대로 정보 전달의 선후 관계(담화의 순서)로 변환된다는 데서 발생한다. 스토리의 질서와 담화의 질서의 명확한 구분과 함께 행위의 미메시스라고 정의되는 아리스토텔레스의 플롯이나 민담 장르의 고유한 순서를 따르는 프롭의 기능 연속체에 대한 진전된 이해도 가능해진다. 아리스토텔레스의 플롯과 프롭의 기능 연속체는 사건의 인과적 연쇄와 유사성을 나타낸다는 이유로 흔히 스토리의 도식으로 간주되어왔지만, 이 연구의 3장과 4장에서는 양자 모두 관객이나 독자라는 수신자를 전제하는 정보들의 배열 도식으로, 즉 담화의 도식으로 보아야 한다는 점을 증명하고자 하였다.

이 연구에서 서사 층위론과 서사 구성론, 기호학적–의사소통론적 모델과 구성주의적–인식론적 모델의 구별을 통해 얻어낸 세 번째 성과는 시점이라는 막연한 개념 속에서 포괄적으로 다루어져온 이질적인 문제 영역을 분간할 수 있게 된 점이다. 지금까지는 화자가 자신을 '나'라고 지칭하는 것도, 화자가 특정한 이념적 경향성을 드러내는 것도 모두 시점의 범주 속에서 논의되어왔다. 물론 전자는 언어적 차원의 시점이고 후자는 이데올로기적 차원의 시점이라는 식의, 시점 개념의 다의성에 대한 논의는 늘 있었지만,[39] 그렇게 다양한 의미의 시점을 결국 시점이라는 공통의 개념

---

39) 시점의 의미를 세분화하여 파악하고자 한 대표적인 서사학자로 시모어 채트먼, 보리스 우스펜스키, 볼프 슈미트를 들 수 있다. 채트먼에 따르면 시점의 문제는 다음 세 가지다. 누구의 눈으로 보는가(감각적 시점)? 누구의 세계관을 통해 보는가(은유적 의미: 관념적 시점)?(Chatman 1980, 151–152) 누구의 이해관계가 문제되는가(관심–시점)? 우스펜스키는 더 세분화한다. 그에

적 지반으로 환원시킬 수 있다는 암묵적 전제는 포기되지 않았다. 전통적 서사학에서 시점을 이야기 속에 반영된 주체의 특수한 입지 정도로 이해하면서 그 입지가 어떤 차원(감각적 차원, 관념적 차원, 언어적 차원 등)에 반영되느냐에 따라 다양한 의미의 시점을 구별해 왔다면, 이 연구에서는 주체의 특수한 입지가 어떤 기능을 수행하는가를 묻는다. 화자(담화의 주체)와 독자 사이의 커뮤니케이션 과정에서 메시지를 코드화하는 기능을 하는가, 아니면 화자가 독자에게 전하고자 하는 메시지를 만들기 위해 사태라는 재료를 가공하는 데 관여하는가? 즉 층위론적·의사소통론적 맥락에서 기능하는가, 아니면 구성론적·인식론적 맥락에서 기능하는가?

예를 들어 화자가 자신을 '나'라고 지칭할 때 그 말에는 화자의 특수한 입지가 반영되어 있다. 화자를 '나'라고 부를 수 있는 사람은 그 화자 자신뿐이기 때문이다. 화자는 자신을 기준으로 하여 1인칭, 2인칭, 3인칭 대명사의 사용을 결정한다. 그것은 어떤 대상을 그 대상이 진술 주체와 맺는 관계에 따라 일정한 대명사로 변환하는 코드화 작업이다. 그러므로 우리는 그 이름의 의미, 그 이름이 가리키는 대상을 인식하기 위해 코드화된 것을 탈코드화해야 한다. 화자가 말하는 '나'는 독자에게 와서 더 이상 '나'가 아니고 그 말을 하는 사람 자신을 가리키는 것으로 해독된다. 독자는 화자

따르면 시점에는 이데올로기적 층위의 시점, 어법 층위의 시점, 시공간적 층위의 시점, 심리적 층위의 시점이 있다.(Uspensky 1973, 7–11) 슈미트는 한 걸음 더 나아간다. 그는 공간적 시점, 시간적 시점, 감각적 시점, 언어적 시점, 이데올로기적 시점을 구별한다.(Schmid 2014, 122–127)

의 '나'를 해독하여 '그' 또는 '당신'으로 재코드화한다. 화자는 화자대로 독자가 그렇게 탈코드화할 것을 기대하고 자신의 입지에 따라 코드화 작업을 한 것이다.

반면 개미의 현명함과 베짱이의 어리석음을 이야기하는 「개미와 베짱이」 스토리의 기저에 대상을 바라보는 화자의 특수한 입지가 작용한다면, 그 작용의 핵심은 독자에게 전달되는 최종적 의미 자체를 생산하는 데 있다. 스토리 속에서 개미와 베짱이는 화자가 평가하는 그런 존재로 확정되고 독자는 이를 그대로 받아들일 것으로 기대된다. '나'라는 대명사의 의미를 그것을 말하는 주체가 누구인지를 고려하여 해독해내는 것에 비견할 만한 탈코드화는 여기서 불필요하다. 등장인물에 대한 평가적 태도로 드러나는 주체의 특수한 입지는 애초에 코드화와는 거리가 먼 것이기 때문이다.

이 연구에서는 화자의 주관적인 입지가 층위론의 맥락에서 스토리를 담화로 변환하기 위한 코드로 기능할 때 이를 시점이라고 부르고, 구성론의 맥락에서 이야기 밖의 사태를 스토리로 구성하는 데 영향을 주는 주체의 특수한 관심, 혹은 그 관심의 대상이나 가치평가적 관점은 초점이라고 부를 것을 제안하였다. 시점화가 시점의 특수성, 부분성, 우연성을 드러내어 탈시점화하는 독자의 반응을 불러내는 방식으로 기능한다면, 초점화는 부분적인 것, 특수한 것에서 전체와 보편의 가상을 끌어내려 한다는 것도 살펴보았다.

이상의 세 가지 인식이 서사 층위론과 서사 구성론의 대상을 분명히 나누어 고찰함으로써 얻어낸 이론적 성과다. 물론 이루어 낸 성과보다 아직 해결해야 할 이론적 문제가 더 많이 남아 있다. 특히 시점화와 초점화의 연관 관계, 재현의 문제, 스토리와 담화의 미적 차원 등이 더 깊이 논의되어야 할 것이다. 향후의 과제로 남겨두고, 이야기의 구성과 층위의 원리에 대한 분석적 고찰의 방향을 제시한 것으로 이 연구는 일단 마무리한다.

참고문헌

김태환(2016):「전지성과 서술 형식의 혁사」,『카프카 연구』제35집, 55-75.

김태환(2024):『우화의 철학-이솝우화의 숨을 이야기를 찾아서』, 고양: 국수.

박진(2003):「채트먼의 서사이론」『한국현대소설학회』19호, 357-382.

벤베니스트, 에밀(1992):『일반언어학의 제문제』1, 2권, 서울: 민음사.

카프카, 프란츠(2015):『변신·선고 외』, 서울: 을유문화사.

뿌쉬긴(1981):『에프게니 오네긴』, 중판, 서울: 삼중당.

스턴, 로렌스(2012):『신사 트리스트럼 샌디의 인생과 생각 이야기』, 서울: 을유문화사.

이민용(2014):「서사학의 서사 층위론으로 접근한 발달적 스토리텔링 치료」,『헤세 연구』31집, 229-255.

이솝(2013):『이솝우화』, 고양: 숲.

포, 에드거 앨런(2013):『에드거 앨런 포 단편선』, 서울: 민음사.

Äsop (2005): *Fabeln*, Düsseldorf/Zürich: Artemis.

Austin, J. L. (1962): *How to Do Things with Words*, London: Oxford University Press.

Benveniste, Émile (1966): *Problèmes de linguistique générale*, Paris: Gallimard.

Bremond Claude (1966): *"La logique des possibles narratifs"*. Communications, 8.

Brüder Grimm (1993): *Kinder- und Hausmärchen*, München: Artemis & Winkler.

Brüder Grimm (1837): *Kinder- und Haus-Märchen* 1권, Göttingen: Dieterich.

Brüder Grimm (1840): *Kinder- und Haus-Märchen* 1권, Göttingen: Dieterich.

Chatman, Seymour (1980): *Story and Discourse. Narrative Structure in Fiction and Film*, Ithaca/London: Cornell University Press.

Culler, Jonathan (2002): *The Pursuit of Signs. Semiotics, Literatur, Deconstruction*, 개정증보판, Ithaca: Cornell University Presss.

Erlich, Victor (1980): *Russian Formalism. History – Doctrin*, 4판, The Hague: Mouton.

Genette, Gérard (1994): *Die Erzählung*, München: Fink.

Greimas, A. J (1966): *Sémantique structurale. Recherche de méthode*, Paris: Seuil.

Hardison, Jr. O. B. (1968): "A Commentary on Aristotle's Poetics", *Aristotle's Poetics*, Englewood Cliffs, N. J.: Prentice-Hall.

Martin, Wallace (1986): *Recent Theories of Narrative*, Ithaca/London: Cornell University Press.

Martínez, Matínas & Michael Scheffel (2016): *Einführung in die Erzähltheorie*, 10판(증보), München: C. H. Beck.

O'Neill, Patrick (1996): *Fictions of Discourse. Reading Narrative Theory*, Toronto/Buffalo/London: University of Toronto Press.

Perrault, Charles (1867): *Les Contes de Perrault*, Paris: J. Hetzel, Libraire-

Éditeur.

Propp, Vladimir (2005): *Morphology of the Folktale*, Austin: University of Texas Press.

Rimmon-Kenan, Slomith (1983): *Narrative Fiction. Contemporary Poetics*, London/New York: Methuen.

Schmid, Wolf (2010): *Narratology*. An Introduction, Berlin/New York: de Gruyter.

Schmid, Wolf (2014): *Elemente der Narratologie*, 3판, Berln/Boston: de Gruyter.

Shklovsky, B (1991): *Theory of Prose*, Elmwood Park, IL: Dalkey Archive Press.

Šklovskij, Viktor (1994): "Der parodistische Roman. Sternes Tristram Shandy", Juri Striedter (편), *Russischer Formalismus. Texte zur allgemeinen Literaturtheorie und zur Theorie der Prosa*, 5판, München: Fink.

Stierle, Karlheinz (1975): *Text als Handlung*, München: Fink.

Todorov, Tzvetan (1966): "Les catégories du récit littéraire", *Communications*, 8, 125–151.

Tomashevsky, Boris (1965): "Thematics", Lee T. Lemon/Marion J. Reis (편역): *Russian Formalist Criticism. Four Essays*, Lincoln/London: University of Nebraska Press.

Uspensky, Boris (1973), *A Poetics of Composition*, Berkeley, Univ. of California Press.

앎-지식문고 시리즈 제2권

이야기의 논리_서사 층위론과 서사 구성론
김태환

초판 1쇄 발행　　2025년 12월 29일

발행인　이인성
발행처　사단법인 문학실험실
등록일　2015년 5월 14일
등록번호　제300-2015-85호

주소　서울시 종로구 혜화로 47 한려빌딩 302호
전화　02-765-9682
팩스　02-766-9682
전자우편　munhak@silhum.or.kr
홈페이지　www.silhum.or.kr

디자인　김은희
인쇄　아르텍

ⓒ김태환
ISBN 979-11-984817-3-3 (03800)
값 13,000원